スープ屋しずくの謎解き朝ごはん
子ども食堂と家族のおみそ汁

友井 羊

宝島社
文庫

宝島社

目次

スープ屋しずくの謎解き朝ごはん
子ども食堂と家族のおみそ汁

登場人物紹介

麻野暁	スープ屋しずくのシェフ。
奥谷理恵	スープ屋しずくの常連客。 フリーペーパー「イルミナ」編集部に勤めている。
麻野露	麻野暁の娘。
内藤慎哉	スープ屋しずくのホール担当。
水野省吾	大学生。ボランティア活動で、 子ども食堂の運営を手伝っている。
宮口珠代	児童相談所の職員。
夕月逢子	麻野暁の実母。

第一話

子ども食堂とふさぎこむ少女の秘密

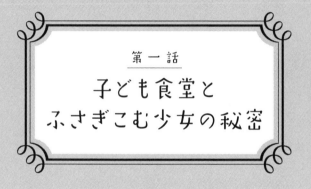

1

五月の朝陽《あさひ》を、ビルの外壁や窓が鋭く反射していた。空気はまだ冷たいけれど、陽射《ひざ》しの強さが夏のはじまりを予感させる。

先月、奥谷理恵《おくたにりえ》は新卒で入社した会社から、別の勤め先に通うようになった。会社の都合で理恵が長年担当していたフリーペーパー『イルミナ』の編集部が丸ごと別の会社に移籍になったのだ。

ただし新天地は前の会社からそれほど離れていなくて、通勤に使う路線は同じで数駅先にあった。そのため途中下車すれば、理恵が慣れ親しんだスープ屋しずくに通うことができた。

ランチに気軽に足を運べなくなるのは残念だけど、朝に行けるのはありがたい。

大通りを脇に逸《そ》れ、薄暗い路地に入る。車二台がすれ違うのがやっとくらいの幅の道で、通行人はほとんどいない。事務所ばかりが並ぶなか、一軒だけ飲食店が営業している。店先には灯《あか》りが点《つ》いていて、イタリアンパセリやローズマリーといったハーブや、オリーブの木が育てられている。

四階建ての雑居ビルは古びているが、一階部分だけレンガ調のタイルが外壁に貼られている。木製のドアにはＯＰＥＮと書かれたプレートが提《さ》げられていた。

スープ屋しずくはオフィス街の路地に佇《たたず》むスープメインのレストランだ。ランチタイムは良心的な価格のスープセットを求めて近隣で働く会社員が訪れ、ディナータイムはワインに合うスープや煮込み料理を求めて近隣住民も足繁《あししげ》く通う人気店なのだ。

そんなスープ屋しずくには秘密の営業時間があった。平日の朝六時半から二時間を、朝ごはんを提供するために店を開けているのだ。

ドアノブに手をかけて引くと、ベルの音が軽快に鳴り響いた。

「おはようございます、いらっしゃいませ」

今日もシェフの麻野《あさの》が、柔らかな声音で出迎えてくれる。店に足を踏み入れると、ブイヨンの芳《かぐわ》しい香りが鼻孔をくすぐった。

「おはようございます」

理恵も挨拶を返す。店内にはテーブル席に二人組の客がいて、スープを味わっていた。会社員風の見慣れない男女だった。

店は十坪くらいの広さで、壁は清潔な白色の漆喰《しっくい》だ。テーブルや椅子などの調度品はダークブラウンで統一され、暖色の照明が柔らかく店内を照らしている。

カウンターに腰かけると、麻野が声をかけてくれた。

「本日のスープは四種の葉野菜のポタージュです」

「美味《おい》しそうですね。今日も楽しみです」

理恵の返事に麻野が微笑を浮かべ、レードルに手を伸ばした。

麻野は理恵より少し年上の三十代半ばだ。細身のスタイルは百七十センチ後半の背丈を数字以上に高く見せていた。仕事中はいつも清潔に洗濯された白いリネンのシャツと茶色のコットンパンツ、黒色のエプロンという格好だ。

スープ屋しずくの朝食メニューは日替わりの一種類だけだ。接客も調理も麻野だけが担い、のんびりとした空気が漂っている。パンとドリンクは食べ放題で、カウンター脇から自分で用意する方式になっていた。

麻野がスープを用意する間に理恵は席を立った。パンの盛られたかごからフォカッチャを小皿に移し、ルイボスティーをカップに注ぐ。席に戻ると麻野がカウンター越しにスープを理恵の前に置いた。

「お待たせしました。四種の葉野菜のポタージュです」

白色の平皿に鮮やかな緑色のポタージュが盛られていた。とろみのあるポタージュは濃い緑色で、葉の細かな粒子も見える。表面に琥珀《こはく》色のオリーブオイルが一回しされていた。

「いただきます」

木製の匙《さじ》の先を沈め、ポタージュを口に運ぶ。

まず舌の上で滑らかさを感じた。デンプン質は控えめで、さらっと喉を流れていく。それと同時に夏草の瑞々《みずみず》しさが感じられた。

複数の葉野菜のポタージュは初体験だ。メニュー表の説明によると、クレソン、ルッコラ、青梗菜《ちんげんさい》、よもぎが入っているらしい。

ゆっくり味わうと、クレソンの辛味やルッコラのゴマのような風味が舌に伝わる。青梗菜の馴染《なじ》みのある心地良い渋みも楽しめ、よもぎの苦味が全体を引き締めていた。複雑な味わいは散漫にならず、違和感なく全体がまとまっていた。

「美味しいですね。初夏を丸ごと味わっている気がします」

「旬の食材の力は素晴らしいですよね。最小限の調味料でも充分に味がまとまります。何より栄養価が豊富ですから、日頃から率先して摂《と》ってほしいです」

麻野はクレソンやルッコラの根についた土を丁寧に洗っている。根も食材として利用するためだ。なるべく材料を丸ごと調理するのが麻野のこだわりらしい。食材を余すことなく使えることがスープの利点の一つだと、麻野が笑顔で話していたことを思い出す。

テーブル席の客が立ち上がり、麻野に声をかけた。会計を済ませ、忙《せわ》しない様子で店を出て行く。

ゆっくりしていく客もいれば、慌ただしく食事を済ませる人もいる。どちらもスープ屋しずくの朝ごはんで、一日の仕事に立ち向かう活力を得ているのだろう。

理恵は店内奥にあるブラックボードに目を遣《や》った。スープ屋しずくは出された料理に含まれる栄養素を解説してくれるのだ。

よもぎは不溶性の食物繊維が豊富だという。さらに含まれるクロロフィルは造血作用を促進することで貧血に効果があるとされ、血中脂質の正常化に貢献するという研究結果が出ているそうだ。加えて爽やかな香りの元であるユーカリプトールには口臭予防やリラックス効果などが期待できるらしかった。

カウンターの向こうにはシンクやコンロがあり、簡単な仕込みや調理ができるようになっている。奥に厨房《ちゅうぼう》があり、主だった調理が行われる。そして厨房との出入り口近くの壁際に戸があり、二階にある麻野家の自宅に続いている。

「あ、露《つゆ》ちゃん」

その戸が開き、麻野の一人娘の露が顔を出した。店内を見回してから、理恵の姿に表情を綻ばせる。初対面の時点で小学四年生だったが、今年の春に六年生に進級した。さらさらとした長い黒髪が印象的だ。背丈が伸び、面差しに大人びた雰囲気が芽生えている。

「おはようございます」

「おはよう、露」

「露ちゃんおはよう」

露の挨拶に返事する。露は父親と一緒に食事を摂るため、しずく店内で朝ごはんを食べることがある。ただし人見知りが激しいため、客席の様子を観察してから引っ込んでしまうこともあった。

露はカウンターを回り込み、パンとドリンクを用意してから理恵の隣に腰かける。麻野が露の前に皿を置いた。

「今日は四種の葉野菜のポタージュだよ」

「ありがとう、お父さん」

緑色のポタージュに露が目を輝かせる。露は父親が作る料理が心から好きなのだ。

露は木の匙でポタージュをすくい、口に運ぶと満面の笑みを浮かべた。

「美味しい。見た目は緑色でびっくりしたけど、全然苦くない」

「それは良かった」

麻野が目を細めて露を見つめる。露に向ける優しい眼差《まなざ》しが、理恵は麻野の表情のなかで特に好きだった。

ドアベルが鳴り、一人の客が入ってくる。二十歳前後くらいの男性が物珍しそうに店内を見回している。青年はカウンターの、理恵たちとは離れた店内奥の席に座った。初来店のようだ。麻野の説明に興味深そうに耳を傾け、注文を済ませてからパンとドリンクを取りに行った。

席に戻った青年の前に、麻野がスープを置く。青年は目を大きく見広げ、口に運んでから大声を出した。

「すごく美味しいですね！」

朝に似つかわしくない声量から驚きが伝わってくる。素直な反応に麻野が幸せそうに目を細めた。青年は笑顔でスプーンを持つ手を動かし続ける。

麻野の料理が喜ばれることが、理恵は自分のことのように嬉《うれ》しかった。露も同じ気持ちのようで口元を綻ばせている。

理恵はフォカッチャを口に運ぶ。今日は珍しく食べ放題のカゴに、イタリアのパンであるフォカッチャが入っていたのだ。サクッとした口当たりのシンプルなパンは小麦の風味が強く、ローズマリーの香りや岩塩の塩味が食欲を増してくれた。

青年が笑顔のまま麻野に話しかけた。

「本当に評判通りです。前から朝ごはんが最高という噂《うわさ》を耳にしていたんですよ」

「ありがとうございます。お気に召したようで光栄です」

麻野が笑顔で応えると、青年が身体を前に乗り出した。

「もうひとつ、店主さんが客の悩みを解決してくれるというのは本当ですか」

麻野が野菜を洗う手を止める。

理恵がしずくに通いはじめて一年半以上経《た》った。その間にも麻野は何度も鋭い洞察力で客の抱えた謎《なぞ》を解決してきた。推理力が評判になるのも当然かもしれないが、麻野が困り顔で首を横に振る。

「解決だなんてとんでもない。たまにお客さまのお話を聞いているだけですよ」

「いやいやご謙遜《けんそん》を。どんな真相でも見抜くと評判ですよ。実は僕も今、料理に関する悩みを抱えているんです。相談に乗ってもらえますか？」

青年の遠慮のない態度に麻野は困惑した様子だったが、料理の相談とわかったためか安堵《あんど》の表情を浮かべた。

「料理のことでしたら、多少は助言できるかもしれません」

「ありがとうございます。僕は水野《みずの》省吾《しょうご》と申します」

声が大きいこともあって、省吾と名乗る青年の話は理恵の耳にも届いた。

省吾の知り合いの家族に、激辛料理が好きな人物がいるという。だがその家族は体調がわるいせいで、辛すぎるものを摂ると腹痛を訴えるそうだ。そこで最近は麻《マー》婆豆腐《ボードウフ》などを辛さ控えめで作っているが、美味しくないと嫌がるらしかった。

世間には激辛を愛する人がいる。真っ赤になるまで唐辛子を加え、辛さの数値を競い合うこともある。理恵も辛い料理は好きだが、度を超すのは食べられない。

「腹痛の原因は唐辛子だとわかっています。しかし胡椒《こしょう》や山葵《わさび》、マスタードなどを使った料理は、物足りないと拒否するらしいのです。何か良い解決方法はないでしょうか」

「なるほど。感想が『美味しくない』や『物足りない』ですか」

首を捻《ひね》る省吾に対し、麻野がニンジンを刻みながら答えた。

「それでは、これまで激辛で出していた料理から唐辛子を抜いた上で、代わりに韓《かん》国《こく》産唐辛子、もしくはパプリカパウダーを使用するのはどうでしょう」

「パプリカって野菜のですか。でもあれって辛くないですよね」

　理恵はパプリカパウダーを利用したことがないが、大きめのスーパーのスパイスの棚には置いてある。麻野が野菜を刻む音が、店内にリズミカルに響いている。

「意外と知られていないのですが、パプリカと唐辛子は同じ品種なのです。ピーマンやシシトウガラシも同様で、完熟すると鷹《たか》の爪のような赤色に変わるのですよ」

「そうなんですか」

　省吾が驚きの声を上げる。理恵は一応知っていた。緑色のピーマンは熟す前で、成長すると赤色に変わる。そして熟したほうが緑の状態より甘くなるのだ。

　麻野が刻んだ野菜を大鍋に入れる。

「それと実は、唐辛子はトマトより甘いのです」

「えっ、そんなわけないじゃないですか」

　省吾が即座に否定する。麻野は平然とした顔でコンロに火をつけた。火力を調整して木べらで炒《いた》めると、野菜とオリーブオイルの香りが漂ってきた。

「すぐには信じられませんよね。ですが一般的な唐辛子の糖度は、トマトよりも数値が高いのですよ。そして旨《うま》み成分であるグルタミン酸ナトリウムもトマトに近い数値です。つまり唐辛子という食べ物は、とても旨くて甘いのです」

糖度とは果物の甘さを計測するときに使われる数値だ。ブリックス糖度と呼ばれる数値ではトマトは五から七で、唐辛子は八から九という数字だというのだ。

「一般的に暑い地域の唐辛子は辛さが増し、甘みが減ります。一方で寒い地域では、辛さが減って甘みが増します。韓国産唐辛子は辛さが少なく、甘みが強い品種なのですよ」

グルタミン酸は昆布やチーズなどに含まれる旨み成分だ。味の根幹となることが多く、一時期は旨味調味料として食卓の定番となった。トマトにも旨味成分が多く含まれ、全世界で愛されている。そして唐辛子もトマトに迫るグルタミン酸が含まれるというのだ。

麻野が戸棚から赤いパウダーの入った袋を取り出す。

「これが韓国産の唐辛子です」

袋を開け、三つの小皿に中身を少量取り分ける。小さな匙を添え、省吾の前に置いた。それからさりげない仕草で、理恵と露の前に小皿を置く。話に耳を傾けていたことを麻野に気づかれていたようだ。

「よければお味見してください」

唐辛子のパウダーをそのまま食べるのは不安だったが、麻野が勧めるのであれば大丈夫なのだろう。食べてみると、省吾も口に運んでいた。

「本当だ。あまり辛くない」

辛いのが苦手であれば難しいだろうが、日本の一般的な唐辛子よりも刺激はずっと控えめだった。それより甘みや酸味に加え、唐辛子特有の味を前面に感じた。

「唐辛子って辛いだけじゃなくて、美味しい食べ物だったんですね」

省吾が感心したように食べ終えた匙を眺めていた。露も同じように驚いている。

麻野が弱火で鍋の中身をじっくり炒める。時間が経つにつれ、野菜の香りが徐々に甘やかに変化していく。

「唐辛子に含まれるカプサイシンはアドレナリンの分泌を促進するなど、刺激的な効果が注目されがちです。ですが実は唐辛子そのものがとても魅力的な味わいの食材なのです。唐辛子抜きの料理に不満を感じるのは、単純に味が物足りない可能性も考えられます」

「つまり旨みや甘みをパプリカパウダーや、辛味の少ない韓国産唐辛子で補うのですね」

「腹痛の原因になるのであれば、カプサイシンが大量に入った料理は我慢してもらうことになるでしょう。ですが好きなものを楽しめないのは悲しいことです。なるべく美味しいものを食べてもらい、生きる活力にしてほしいと思います」

病人になると食事が制限されるのはある程度仕方ないことだ。しかし食が細ることは体力や気力の低下に繋《つな》がる。医者が許す範囲でより美味しいものを食べることは、本人の快復にも寄与するはずだ。省吾が納得したのか何度も頷《うなず》く。

「実は俺も唐辛子系の辛いものが結構好きでよく食べに行くんです。誰かと一緒でも辛い料理が多い店を選んじゃって、相手に迷惑をかけることもあるんですよ。自分がなんで好きなのかもわかって、とても勉強になりました」

問題が解決したらしいことに安心しながら、理恵はルイボスティーに口をつけた。スープ屋しずくの朝の時間は、コーヒーや紅茶、フレッシュオレンジジュースなどが用意されている。その中で理恵はルイボスティーを愛飲している。ミネラルを感じさせる甘い香りが特徴の南アフリカのお茶で、ノンカフェインなので胃痛持ちにとってありがたい飲み物だ。

省吾がカウンターのテーブルに額をつけるように頭を下げた。

「相談に乗ってもらって、本当にありがとうございました」

「正解かわかりませんが、少しでもお力になれたら幸いです」

そこで省吾が頭を上げ、熱い視線を麻野に向けた。

「この素晴らしい料理と、お客さんに対する優しさに感動しました。ご迷惑かもしれませんが、俺が取り組んでいる活動についてお話を聞いてもらえますか」

突然の申し出に麻野が目を丸くさせた。省吾は了承を得たと思ったのか話しはじめる。

省吾は現在、大学に通いながらＮＰＯ法人を通してボランティア活動をしているという。内容は子ども食堂の運営の手伝いだった。

「子ども食堂ですか？」

理恵も会話に加わる。子ども食堂についてはテレビなどを通じて見聞きしていたが、実際に足を運んだことはない。突然話に交ざった理恵に、省吾は気を悪くした様子もなく返事をした。

「様々な事情を抱えた子どもや親などに、無料もしくは安価で食事を提供する活動です。ただし地域のニーズに合わせて、様々な内容が展開されています」

口調が滑らかだ。色々な場面で説明をしてきたのかもしれない。

現在、子どもの貧困が社会問題になっている。経済的な事情から充分な栄養を摂れない場合もあるし、親が忙しいなどの理由で孤食になり、食事内容が偏るなどの問題も発生している。

そこで地域の有志が子どもたちにバランスの良い食事を提供したり、地域で孤立する家庭に交流の場を設ける目的のために、子ども食堂を開催するようになったという。

「子どもの貧困は親の貧困でもあります。なので親が子ども食堂で食事をしても問題ないですし、孤独になりがちな親同士の交流の場にもなっています。身寄りのないご老人がいらっしゃる場合もあります」

省吾が息を吸い、店内を見回した。

「こちらは仕事に疲れた会社員に美味しい朝ごはんを食べてもらうために、朝早く店を開けていると聞きました。理念は俺たちと共通するはずです。実は仲間に調理のプロがいないので、もっと味を向上させたいと考えているんです。一度見学に来ていただいて、プロのシェフならではの忌憚《きたん》ないご意見をいただきたいのです」

強引だと感じたが、それだけ思い入れが強いのかもしれない。麻野は困り顔のまま鍋の中身を炒め続けている。

「最近色々と忙しいため時間を作れるかどうか……」

活動は素晴らしいが、だからこそ軽々と応えられないのだろう。すると露が手を挙げた。

「子ども食堂については道徳の授業で耳にしました。でもクラスには行ったことのある人がいなくて実感が湧かなかったんです。実際にやっているのであれば、どんな雰囲気なのか知りたいです。私が行って迷惑じゃなければですが」

麻野は驚いた顔で露を見つめ、省吾は嬉しそうに唇の端を持ち上げた。

「俺が手伝う子ども食堂は、どんな方にも門戸《もんこ》を開いているよ。親御さんがお子さんに夕飯を作れない場合は、子どもだけ先に来て仕事帰りに迎えに来るなんてことも多い。君が一人で来ても問題ないよ」

そこで麻野は一瞬、複雑そうな表情を露に向けた。

理恵は手元にあるバッグから名刺を取り出した。椅子から下りて省吾に近づく。

「突然失礼します。私はこういった仕事をしております。奥谷理恵と申します」

理恵が名刺を差し出すと、省吾が目を丸くしながら受け取った。

「〝イルミナ〟ですか？」

「我々が作っているフリーペーパーです。そこのコラムページで、子ども食堂について紹介させてもらってもよろしいでしょうか。各地域に密着する紙面作りを心がけているため、子ども食堂を必要とする方々にも届くかと思います」

イルミナは地域に根ざした紙面作りを目指し、地元民の活動紹介にも力を入れている。子ども食堂の取材記事は掲載にうってつけのはずだ。理恵の提案に、省吾が瞳を輝かせた。

「ぜひお願いしたいです。フリーペーパーって、美容院や飲食店のクーポンが載っているやつですよね。子ども食堂を使う人は、外食のときにクーポン券が欠かせないんですよ。もしフリーペーパーで紹介してもらえるなら、きっと子ども食堂が必要な人の目に届くように思います」

省吾がバッグから一枚の白黒のＡ４用紙を取り出した。子ども食堂の案内が可愛《かわい》らしいイラストで彩られている。

「詳しくはこちらをご覧ください。一人でお子さんも来ると言いましたが、小学生の場合は保護者の付き添いを推奨しています。特に遠方だと帰りが遅くなるので」

プリント用紙を手渡され、理恵は省吾の勘違いに気づく。

「あの、私たちは親子じゃないです。こちらの露ちゃんはシェフの麻野さんの娘さんで、私は単なるスープ屋しずくの常連客です」

焦ってしまい、舌が回らなくなる。隣り合って座る理恵と露を見たら、二十歳の年齢差なのだから親子連れだと思われても仕方ない。省吾は何度もまばたきしてから「それは失礼しました」と露にもプリント用紙を差し出した。

「ですが私も露ちゃんに同行したいと思います。麻野さん、よろしいですか」

麻野に視線を向けると、申し訳なさそうに頭を下げた。

「理恵さんが一緒なら安心です。露を頼みます」

「お任せください」

理恵がうなずくと、露もかしこまった様子で小さく頭を下げた。

「よろしくお願いします」

「こちらこそ」

理恵が子ども食堂に興味があるのは本当で、記事にするのも嘘《うそ》ではない。しかし同時に、麻野が一瞬浮かべた悲しそうな表情も気になっていた。

しずくの朝営業中、露も店内で食事を摂ることが多い。もともと朝営業をしているのは、疲れた人に朝ごはんを提供する場を作るためと、親子で一緒に過ごすことを両立させるためだと聞いている。

しかし麻野と露が一緒に夕食を摂るのは定休日である日曜だけだ。住居はスープ屋しずくの二階にあるが、麻野はディナータイムには店で調理に集中している。

露が子ども食堂に興味を示した際、麻野の胸中にそのことがよぎったのではないか。理恵が同行を申し出れば、麻野は気兼ねなく露が子ども食堂に行く許可を出せるはずだ。そういった考えもあって取材を申し入れたのだ。

新たな客が来店して、麻野がスープの準備をはじめた。省吾は食事の続きを楽しんでいる。露は食事を終え、ごちそうさまと告げてから元の戸を通って自宅に戻っていった。

窓の外の陽射しは日増しに強まっている。理恵はスープの最後のひとすくいを口に運ぶ。冷めたことで葉野菜のほろ苦さが落ち着き、優しい味わいに変わっていた。

2

はじめて降りる駅は、改札を出てすぐ商店街だった。賑《にぎ》やかな通りを抜けると、静かな住宅街が現れた。理恵は地図アプリを確かめてから隣を歩く露に訊《たず》ねた。

「露ちゃんはどうして、子ども食堂が気になったの？」

時刻は午後五時半で辺りはまだ明るく、小学生の集団が自転車で走り抜けていった。今日は土曜で、スープ屋しずくは今頃夜営業の準備を進めているはずだ。

露は紫色のパーカーにデニムのスカートという服装で、不思議そうに首を傾《かし》げる。

肩甲骨を覆うくらいに伸びた黒髪を、珍しくシュシュでひとつにまとめている。

「どうしてかな。自分でもよくわかりません。それを知るために行くのかも」

わからないことを素直に認めるのは案外難しい。露の横顔が、普段より大人びて見えた。

目的地であるロッジ風の喫茶店に到着する。経営者が月二回、善意で店を貸してくれるのだという。店の前に数台の自転車が停《と》められていた。『子ども食堂はぐみ』という手作りらしき看板が掲げられ、一食百円と書かれてあった。

子ども食堂は無料の場合もあるが、有償であることが多いという。これは無料で何かをもらうことに気が引けてしまう人がいるためらしい。少しでもお金を払うことで心理的負担が減り、利用者が増えるというのだ。

ドアを開けると、店内から「いらっしゃいませ」という声が聞こえた。店内は思いの外《ほか》広く、テーブル席だけで四十人分くらい椅子が置かれている。空間に余裕が感じられ、さらに奥に別室があるようだ。山荘を思わせるシンプルな内装で、天井でファンがゆっくり回っていた。カフェとして利用したら、のんびりとした時間が過ごせそうだ。

「いらしてくださったんですね」

省吾が理恵たちに気づく。ホールをたった二人で回しているようだ。エプロンに三角巾という調理実習を思い出させる格好をしていた。省吾が忙しない様子で近寄ってくる。露が丁寧にお辞儀する。

「今日はよろしくお願いします」

省吾も頭を下げてから、店内奥にある厨房に目を向けた。

「来てくれて嬉しいです。本当はゆっくりおもてなしをしたいのですが、ボランティアさんが急用で遅れているため手が離せないんです」

「それは大変ですね。お邪魔になるようでしたら出直しますよ」

店内ではすでに三組の母子連れと三名の小学生くらいの子ども、そして七十歳過ぎくらいの女性が食事をしている。

「そういうわけにはいきません。あっ、いらっしゃいませ！」

省吾が大声を出したので振り向くと、六組の母子が同時に来店してきた。顔馴染みなのか省吾に親しげに声をかける。理恵と露は一旦壁際に移動した。

省吾は母子たちに本日のメニューを説明し、アレルギーの有無を確認していた。

献立はまぜごはんに海老《えび》と野菜の天ぷら、ほうれん草のゴマ和《あ》え、きんぴらゴボウ、わかめと豆腐の味噌汁《みそしる》、そしてカットオレンジだとイラスト入りで紹介されていた。男の子が「天ぷらだ！」と楽しそうにはしゃいでいる。

理恵の足元を、小学校低学年くらいの女子数人が走り抜けた。さっきまでテーブル席で食事をしていた子たちで、向かった先にたくさんのおもちゃが用意してあった。

走っていった子どもの母親の一人らしい女性が、テーブル席から心配そうな視線を向けている。目の前にはカップとお茶菓子がある。どうやら食後の一服も用意されているようだ。

厨房は一挙に来店した客たちの料理を作るのに忙しそうだ。省吾は子どもたちのスペースに目を配りながら、客を席に案内していた。

露が子どもたちのスペースに、すっと歩いていった。突然近づいてきた見知らぬ小学校高学年の女子に少女たちが身を硬くする。

露はしゃがみこむと、少女のうちの一人が手にしていた絵本を指差して何かを訊ねた。露が絵本を受け取り、開いて朗読をはじめた。

テーブル席に目を遣ると、母親らしい女性が微笑《ほほえ》みを浮かべていた。世話をしてくれる人間がいることで、子どもに気を配る必要性が減ったのだ。

子どもを見続けることは緊張を強いる。目の前に一杯のコーヒーがあれば、ゆっくり飲む時間がほしくなるはずだ。理恵は腕まくりをして、忙しそうにする省吾に声をかけた。

「手伝わせてください」

「そんな。お客さんにそんなことはさせられません」

「私は取材をさせてもらう身ですから」

省吾は遠慮しつつも、渋い表情で厨房に顔を向けた。またドアが開き、新たな客が来店してきた。すると観念したのか、省吾が理恵に頭を下げた。

「正直助かります。どうかよろしくお願いします」

「わかりました」

理恵は省吾の指示を受け、まずは手洗いを済ませる。それから余っていたエプロンと三角巾を借り、主に食事の配膳を担当することになった。座席表を覚えていると、厨房で調理を進める四十代くらいの女性に声をかけられた。

「水野くんのお知り合いかい。実は大事なメンバーが怪我《けが》でずっと入院していて、慢性的な人手不足なんだ。手伝ってくれて本当にありがたいよ」

「よろしくお願いします。じゃんじゃん指示を出してください」

基本のメニューは同じだが、嫌いな食材やアレルギーなど細かな要望に応えている。運ぶ場所を間違えないよう伝票と座席表を充分確認してから、料理を運んだ。

配膳だけとはいえ、慣れない作業は緊張する。こぼさないよう注意していると、
省吾がテーブル席で小学校中学年くらいの男の子に声をかけていた。

「いっぱい食べてくれてありがとう。ごはんのおかわりはどうかな」

「うん！」

男の子が元気よく返事をしてから、省吾は母親にも顔を向けた。

「もしよければ、お母さんももう一膳いかがでしょう。農家さんから譲ってもらったお米なので、いくらでも食べられちゃいますよね」

すると男の子の母親が、躊躇《ため ら》いがちに応えた。

「とても美味しかったです。じゃあ遠慮なくいただこうかしら」

「喜んで！」

省吾が笑顔で返し、二人の茶碗《ちゃわん》を厨房まで運んでいった。

客たちは続々と増え、すぐに座席が半分くらい埋まった。露は子どもたちと一緒にパズルで遊んでいる。中高生くらいの少年少女の姿も見え、置いてあった漫画を黙々と読んだり、露のように子どもの世話をしたりする子もいた。

午後六時半過ぎ、所用で遅れていたボランティアがやってきた。理恵は省吾から

頭を下げられた。

「ありがとうございました。奥谷さんは露ちゃんと一緒にごはんを食べてください」

「お役に立てたようで何よりです」

露を呼ぼうと遊戯スペースに顔を向けると、大声が聞こえてきた。省吾たちボランティアが心配そうに向かおうとするなか、理恵がいち早く駆けつける。

「どうしたの？」

中学生くらいの女子二人がにらみ合っている。片方はショートカットの小柄な少女で、もう一人はポニーテールで背が高かった。ショートカットの子が悔しそうに言った。

「信じて、琴美《ことみ》ちゃん。わたしは本当に病院にいたよ」

「でもあのワンピースは本当に大事にしていて、前に子ども食堂で他の子が汚い手で触ろうとしたときも慌てて避《よ》けていたよね。真凛《まりん》ちゃんが他の人に着させるとは思えない」

責め立てるような口調に、真凛と呼ばれた少女が唇を噛《か》んだ。ポニーテールの琴美が黙り込んで反論を待っていたが、真凛は何も続けない。

「事情を聞かせてもらっていいかな」

そこに顔見知りらしいスタッフの女性がやってきた。女性が優しく問いかけると、琴美が真凜を指差した。

「この前、真凜ちゃんと一緒に地元のお祭りに行く予定だったんです」

二人は別々の学校に通う中学一年生で、子ども食堂で知り合って親しくなったという。しかし祭りの当日の昼、真凜から連絡があった。真凜の母親が仕事場で急に倒れ、入院に付き添うことになったのだ。

「大変なことだからお祭りはやめて、母に頼まれて夕飯を買いに行きました。真凜ちゃんのアパートは、私の家からお弁当屋さんに向かう途中なんです。それで何となく気になって、アパートの前を通ってみました」

真凜のアパートは二階建ての二階の角にあった。すると部屋に灯りがついていて、小柄なシルエットがカーテン越しに映っていた。隙間《すきま》から真凜のお気に入りだというワンピースの柄も見えたという。

「真凜ちゃんがまだいると思って、アパートのチャイムを鳴らしたんです。でも全然反応がなくて、私は結局帰りました」

そして今日、二人は子ども食堂で数日ぶりに顔を合わせた。自宅は比較的近かったが、中学校の校区は異なっていたのだ。

予定をキャンセルしたことを謝罪した真凛に、琴美は病院にいつ行ったのか訊ねる。すると真凛は、琴美が目撃した時間にはすでに家を出ていたと説明した。真凛の母は軽い貧血で、健康に問題はなかったらしい。琴美がカーテン越しに見たと反論すると、真凛は頑《かたく》なに病院にいたと主張したのだ。

「私は嘘をつかれるのが一番嫌なの。それにこの前もドタキャンしたよね。真凛ちゃんとはもう付き合いきれない」

琴美の表情は険しかった。理恵は真凛に問いかけた。

「その時間、お家《うち》には他に誰かいたの？」

「誰もいません。私はお母さんと一緒に病院にいました」

真凛が強く言い切ると、琴美が踵《きびす》を返した。引き止める間もなく去ってしまう。真凛は辛そうな表情で黙り込んでいる。そこで理恵はテーブル席から省吾に呼びかけられた。

「お食事の用意ができましたよ」

真凛はうつむいたままお手洗いに消えていく。

理恵が席につくと、省吾が露の隣に腰かけた。客入りは途切れていて、全員に食事を配膳し終えていた。省吾がコップに入れた水に口をつけた。

「子どもたちの応対まで任せてしまってすみません」

「いえ、私はただ話を聞いていただけですから」

理恵は食事を進める。どれも癖のない素朴な味つけで、素材の味が引き立っていた。露が野菜の天ぷらを口に入れ、よく噛んでから笑顔で飲み込んだ。

「お野菜がすごく美味しいです」

「農家さんが寄付してくれるんだ。みんなの善意があるからこそ、この食堂は運営できているんだよ」

真凛がお手洗いから出るのが見えた。目の周りが赤くなっている気がした。声をかけようとしたが、小走りで店から出てしまう。

理恵と露が先ほどの状況を伝えると、省吾がため息をついた。

「琴美ちゃんのご両親は、お父さんの不倫が原因で離婚しています。そのせいか人一倍、嘘をつかれることを嫌っているんです。真凛ちゃんが実際に嘘をついているかわかりませんが、誰が仲裁しても無理だったでしょう」

露が味噌汁に口をつけてから眉間に皺《しわ》を寄せた。

「真凛ちゃんは初めて来た私にも、率先して話しかけてくれました。小さな子たちにも懐かれていました。二歳くらいの子のおむつ替えも手慣れた様子で、お母さん方からも信頼されているみたいでした」

「そうだね。真凜ちゃんには俺たちも助けられているよ」

「でも真凜ちゃんは琴美ちゃんに返事しているとき、どこか辛《つら》そうでした。仮に何か隠し事をしていても、事情があるように思います。……すみません、勝手なことを言って」

露の確信を持った物言いに、省吾が目を丸くしている。露には相手の感情を察知する不思議な洞察力がある。しかし気持ちの揺らぎが何に起因しているのか説明することが苦手なのだ。顔馴染みには露の特技は周知の事実だが、ほぼ初対面の人には驚かれてしまうだろう。省吾が目を伏せた。

「そう感じるのも何となくわかるよ。最近、真凜ちゃんの様子は少し心配だから」

真凜は母親との二人暮らしで、子ども食堂には一年ほど前から顔を出していた。

シングルマザーの志真子《しまこ》は家計を支えるために長時間働いていた。真凜も身体が弱く、小学校では授業を休みがちだった。志真子は必死に働きながら、体調を崩しがちな真凜を懸命に世話していた。その健気な姿は周囲の心を打ち、誰もが応援していたらしかった。

中学に入ってから、真凜は体調が良くなってきた。周りの人たちは真凜の健康を喜んだが、当の本人はなぜか急に表情が暗くなったというのだ。

「真凜ちゃんは悲観的な発言ばかり繰り返し、学校では友達もできていないらしいです。志真子さんに相談しても、原因はわからなくて」

子ども食堂では笑顔でいたようだが、それでもたまに塞ぎ込む様子が見られたという。年少者から「真凜ちゃんの服がくさい」と無邪気に指摘され、表情を強張《こわば》らせることもあったそうだ。

「真凜ちゃんにこれまで以上に気を配ろうと思います。あらためて今日は本当にありがとうございました。もしよかったらいつでも遊びに来てください」

理恵たちの食事が終わるのを見計らってか、省吾が深々と頭を下げた。理恵はコラム記事の予定などの簡単な打ち合わせを済ませ、露と一緒に店を出ることにした。

外はすっかり暗くなっていて、入れ替わりに新たな客がやってきた。小学校低学年くらいの子どもの手をスーツ姿の母親が引いている。仕事を終えた後にやってきたのだろう。

露が理恵に小さく礼をした。

「貴重な体験ができました。一緒に来てくれてありがとうございました」

「私も来られて良かったよ」

自分の知らない場所で、様々な人たちが懸命に生活をしている。当たり前のことだけれど、目の前の忙しさに囚《とら》われるとすぐに忘れてしまう。

子ども食堂に一度来ただけで、何かを学んだ気になるのは単なる思い上がりかもしれない。それでも訪れたことに意味はあったように思う。露は店を出てからも、何度も子ども食堂を振り返っていた。

赤や青の幾何学模様の絵付けがされた平皿に、透明なスープがたっぷり入っていた。細かく刻まれた野菜は人参《にんじん》や玉葱《たまねぎ》など基本の食材で、他に大粒のそら豆が目立つ。そして表面にひょろひょろとした細いアスパラガスのような野菜が浮かんでいた。

本日のスープ屋しずくの朝の料理は、そら豆とアスパラソバージュのチキンスープだ。理恵は金属製のスプーンで、他の具材と一緒に細長い野菜をすくった。

「これがアスパラソバージュなのですか？」

「ヨーロッパで人気の山菜です。まずはお召し上がりください」

「では、いただきます」

口に運んでからゆっくり嚙みしめるように味わう。スープはしずく自慢のチキンブイヨンで、すっきりして上品な味わいなのに確かなコクが感じられる。そこに野菜の甘みが加わり、シンプルだが上質な味わいに仕上がっていた。

　さらにそら豆の初夏らしい青々とした香りと、豆独特の穏やかな出汁《だし》の味が溶け込んでいる。そら豆は噛みしめるとほくほくとした食感で、ほのかな渋みが味を引き締めていた。

「不思議な味がします。これはアスパラの仲間なのですか？」

　アスパラソバージュを食べた理恵は首を傾げる。ツクシのような外見で、茎の部分がつるっとした舌触りだ。そして先はアスパラガスの穂に似ていた。全体的に柔らかくシャキシャキとした食感で、ほんの少しのぬめりを感じる。

　理恵の驚きが期待通りだったのか、麻野は嬉しそうに口元を綻ばせた。

「名前こそアスパラソバージュですが、品種はアスパラとは別のようです。日本に入ってきているのは基本的にフランスからの輸入品です。四月から五月の短い時期にしか収穫できず、春を告げる野菜として珍重されているそうです」

　味には癖がなく、わかりやすい香りも感じられない。ただ、これは旬を尊ぶ食べ物なのだ。暖かな季節の訪れを喜ぶ気持ちは、どんな国でも共通しているのだろう。

　理恵は店内奥のブラックボードに目を向ける。アスパラソバージュはアスパラガスと同じでアスパラギン酸を含み、新陳代謝を促進することで美肌効果や疲労回復が期待できるという。

そら豆は植物性のタンパク質を豊富に含み、含有しているカリウムはむくみや高血圧の解消に役立つとされていた。そら豆をかじると、口のなかでスープが弾《はじ》けた。

ドアベルの音が響き、省吾が店に入ってくる。隣に見知らぬ女性がいた。すらりと背の高い痩《や》せ形の女性で、顔立ちが真凛に似ていた。理恵に気づいた省吾は顔を明るくする。

「奥谷さん。先日はありがとうございました！」

「こちらこそお世話になりました」

省吾の声は今日も大きい。理恵が子ども食堂を訪れてから十日経過していた。その間に記事を完成させ、省吾を経由して子ども食堂の責任者にチェックをしてもらった。細かな修正を経て入稿を済ませ、後は発刊を待つだけである。省吾は会釈してから自然な動作で理恵の隣に腰かけた。

「子ども食堂の記事を書いてくださった奥谷さんです。こちらは木戸《きど》志真子さん。真凛ちゃんのお母さまです。実はここは木戸さんの職場までの通り道で、しずくの話をしたら興味があると仰《おつしや》ったんでご案内したんですよ」

志真子が省吾の隣に遠慮がちに座る。小柄な真凛と対照的に、志真子は百七十センチに近い長身だ。互いに会釈し合っていると、麻野がカウンター越しに料理の説明をはじめた。

志真子たちはスープが出来上がる間にパンとドリンクを用意する。席に戻った二人の前に、麻野がスープ皿を置いた。

「いただきます」

志真子は食べはじめると目を閉じ、ゆっくり口のなかに含んでから飲み込んだ。

「優しいお味で、すごく美味しいです」

しずくの味は志真子の舌に合ったようだ。それから志真子は店内を見回した。

「あの、店長さんの娘さんは今日いらっしゃらないのですか？」

麻野は絹さやの筋を地道に取り続けていた。

「普段は店内で食事をすることが多いのですが、今日は寝坊したため上の階で済ませる予定です。好きな小説を読んでいたせいで夜更かししたみたいで。何かご用でしょうか」

志真子がスプーンを皿のへりに置いた。

「実は先日、私のせいで露ちゃんから娘へのせっかくのお誘いをキャンセルさせてしまって……」

志真子は順を追って事情を説明する。

露は先週の土曜に再び子ども食堂を訪れたらしい。食事を済ませてから、小学校低学年や未就学児童の世話を手伝った。その際に訪れていた真凜と改めて交流を深め、遊びに行く約束を交わした。琴美はその日、子ども食堂に来なかったようだ。

「ですが私の急用のせいで真凜は遊びに行けなくなったんです。あの子には私のせいで、大きな負担をかけてしまっています。露ちゃんはひさしぶりにできたお友達です。また真凜を誘ってもらえたら嬉しいのです」

娘の友人にお願いするのは過保護にも思える。しかし志真子はそれだけ真凜に対して負い目を感じているのだろう。麻野が微笑のまま首を横に振った。

「お友達との約束がキャンセルになった話は聞いています。ですが露は気にしていませんでしたよ。また遊びに誘うつもりだと言っていましたから」

「そうでしたか。どうやら私が先走っただけのようですね。子どもの交友関係に口出しするのは、やはり行き過ぎでした」

省吾が力強く首を横に振る。

「それだけ娘さんを大事に思っている証拠ですよ。志真子さんは真凜ちゃんのために、本当にがんばっていると思います」

志真子がハンカチを目元に当てた。

「ありがとうございます。みなさんが応援してくれているおかげで、私は何とかやっていけています。私はあの子が何より大事です。真凛のいない人生なんて考えられません」

　涙ぐむ志真子の姿から日々の苦労が伝わり、理恵は応援したい気持ちになった。

志真子は出勤時間が迫っていると言ってから、食事を手早く進める。

「最近インスタントや出来合いのお弁当ばかりだったので、こんなふうに染みわたる感じはひさしぶりです。食事で身体を労《いたわ》ることが大事なんだなってあらためて思いました」

　志真子の表情は、来店時より明らかに緊張がほぐれていた。スープ屋しずくの料理と麻野の人柄、そして店の雰囲気のおかげなのだろう。

　志真子がアスパラソバージュを興味深そうに口に運び、麻野に何の野菜か質問していた。ヨーロッパの山菜だという答えに、志真子が嬉しそうに眉を上げた。

「最近はさぼっていますが、実は私も以前は趣味で野草などを採って調理をしていたのですよ」

　つくしやクレソン、はこべなど野に生える植物でも食べられるものは意外に多いらしい。

「自然のなかで成長した草木を食べることで、身体に余計な負担をかけず、活力を与えてくれるような気がするのです」

科学的な根拠はないかもしれないけれど、志真子の言うこともわかる気がした。すると省吾が何度もうなずいた。

「身体に優しい食べ物は、率先していただくべきですよね。木戸さんも激辛料理は控えて、もっと健康を大事にしたほうがいいですよ」

志真子が不思議そうに首を傾げた。

「えっと、はい。気をつけます。でも私は、辛いものは苦手ですよ。甘口のカレーでも食べるのがしんどいくらいで」

「あれ、そうだったのですか？」

省吾が声を裏返させると、志真子がスマホの時計を見て焦ったように席を立った。会計を済ませ、慌ただしく店から去っていった。

麻野は黙々と絹さやの下処理を続けている。理恵はルイボスティーを飲んでから省吾に話しかける。

「木戸さん、少しお疲れのようでしたね」

「頼れる身寄りがいないせいかもしれません」

　志真子は目の下にクマが出来ていて、表情にも疲れがにじんでいた。真凜について語る様子からも、どこか追い詰められたような印象を受けた。

「木戸さんは母親と反《そ》りが合わなくて、若い頃に実家を飛び出したんです。母親との関係に苦しんだからこそ、真凜ちゃんには辛《つら》い思いをさせたくないそうです」

　偏屈な母親のせいで息苦しい毎日を送っていたと、志真子は以前語っていたそうだ。志真子は高校卒業後、岐阜《ぎふ》の内陸部の実家で家業である農業を手伝っていた。

そして志真子の母親は、娘が何をしても文句をつける人だったらしい。

「木戸さんのお母さんは極度の完璧主義者で、木戸さんのやることなすことに文句をつけていたそうです。食の好みの違いなど日常的な衝突も相まって、木戸さんは実家から逃げ出すことを選んだそうです」

　母親と距離を置くことを選び、上京後に出会った男性との間に真凜を授かった。しかし夫の借金と暴力が原因で二年前に離婚になる。前夫から養育費は支払われていないという。

「三ヵ月前、お父さんが亡くなられたため数年ぶりに実家に戻ったそうです。お母さんのことについて聞いたのですが、ほとんど教えてくれませんでした。聞けたのは相変わらず何の料理にも胡椒をたくさん使う人だと、嫌そうに言っていたことくらいです」

唐辛子と同様、胡椒自体も美味しい調味料だ。たくさん使う人もいるのだろう。しかし辛い食べ物が苦手なら、大量の胡椒は苦痛のはずだ。

省吾がスープの最後のひとすくいを口に運ぶ。飲み込んでから居住まいを正し、麻野に身体を向けた。

「子ども食堂には親や子も含め、色々な事情を抱えた人たちが集まります。俺はそんなみんなに、少しでも幸せな気持ちになってほしいと考えています」

省吾がカウンターに両手をつけて頭を下げた。

「麻野さんの素晴らしいスープを、ぜひみんなにも食べてもらいたいんです。一日だけでも構いません。どうか子ども食堂を手伝ってくれませんか」

省吾が来店した目的は、最初からスープ屋しずくの料理を子ども食堂で提供することだったのかもしれない。麻野のスープを味わえば、より多くの人に食べてもらいたいと思いは強まるはずだ。

麻野が絹さやの入ったボウルを冷蔵庫にしまう。

「子ども食堂の様子は露から聞きました。料理を通して子や親たちを励ましたいという気持ちには僕も賛同します。僕でよければ協力させてください」

「私も手伝います」

理恵は反射的に声を出していた。理恵も子ども食堂を利用する人たちの力になりたい気持ちはあるし、何より麻野の負担を少しでも減らしたかった。

「本当ですか。お二方ともありがとうございます！」

省吾が満面の笑みを浮かべ、カウンター越しに両手を差し出してきた。麻野は手を洗ってからタオルで水気を拭き、それから省吾と握手した。大袈裟《おおげさ》に腕を振る省吾に、麻野は困った様子だ。

互いの予定を擦り合わせた結果、麻野は早速翌週の日曜に子ども食堂で腕を振るうことに決まった。理恵は白パンを口に運ぶ。小麦の味が真《ま》っ直《す》ぐ感じられ、噛みしめるほどに甘みが増していった。

3

麻野が子ども食堂で腕を振るう日がやってきた。最寄《もよ》り駅で午後三時に待ち合わせする。改札近くに立っていると、麻野親子の姿が見えた。麻野はクーラーバッグを肩から提げ、露もバッグを両手で持っていた。

「すごい荷物ですね」

「今日のために用意した特別な食材です。かなり上質なものが手に入りました」

子ども食堂の食材は善意による提供に頼っているため、当日にならないとわからない。そのため献立は毎回直前に決めるそうなのだ。どんな食材が運ばれてきたかは今朝連絡があったようだ。それに合わせて麻野も自前で食材を用意したらしい。

遠慮する露からバッグを引き取ると、両腕にずしりと重さを感じた。

「理恵さん、ありがとうございます」

感謝の言葉を告げる露の表情が、どこか暗い気がした。

「露ちゃん、何かあった？」

子ども食堂に向かいながら問いかけると、露が肩を落とした。

「実は先日、真凛ちゃんと一緒に遊んだのですが」

それから露は、真凛と一緒に遊んだときの話を教えてくれた。繁華街で集合してスイーツを食べたりしたらしい。一ヵ月ほど前に有名人がＳＮＳで取り上げてから、瞬く間に流行した洋菓子だ。テレビや雑誌で何度も特集が組まれて大人気になったが、真凛は存在すら知らなくて行列に驚いていたらしかった。

「一緒に食べた後は、文房具とかアクセサリーを一緒に眺めました。今度はちょっと遠出して、スカイツリーに行きたいねって話をして、解散することになったんです。真凛ちゃん、前からスカイツリーに興味があったみたいで」

真凛は友達からスカイツリーの魅力を教えられ、一度行ってみたいと考えるようになったという。帰り際、真凛がスープ屋しずくの話題を口にした。志真子が味を絶賛したそうなのだ。

「真凛ちゃんは、おばさんがうちの店まで来たことを恥ずかしがっていました。それで私はおばさんが真凛ちゃんを大事に思っていること、『真凛のいない人生なんて考えられない』って言っていたことを伝えたんです」

「あれ、あの場に露ちゃんはいなかったよね」

理恵が疑問を口にすると、露が申し訳なさそうに首を引っ込めた。

「実はあの日、ドアを開けようとしていたんです。でも何となく入りにくくて、会話だけ聞いてたんです」

いつもの人見知りを発揮したようだ。

露が志真子の言葉を伝えた直後、真凛の表情が歪《ゆが》んだという。それからずっと黙り込んだままになったそうなのだ。

「後は険悪な空気になって、帰りの電車内ではほとんど無言でした」

露が肩を落とす。家族だから絆《きずな》が結ばれているとは限らない。むしろ家族だからこそ繋がりが重荷になることもあると、理恵は数多くの事例を目の当たりにしてきた。理由は推し量れないが、露の言葉が真凜の逆鱗《げきりん》に触れたのかもしれない。

だけど露の言葉に悪意がないことは真凜もわかっているはずだ。理恵が返事を考えあぐねていると、麻野が露の隣に立って手を握った。

「真凜ちゃんが来ているといいね」

「……うん」

露は頷いてから、理恵の視線に気づいて顔を赤くした。それから麻野の手を振り払う。小学六年生になれば父親と手を繋ぐのは恥ずかしいはずだ。早足になる露の背中を目で追いながら、麻野が若干ショックを受けた顔をしていた。

子ども食堂に到着すると省吾と現場責任者の六十歳過ぎの女性が出迎えてくれた。定年退職を機に食堂を開いたらしく、柔和な空気は店の雰囲気に通じるものがあった。

麻野たちは厨房に案内される。用意したクーラーボックスを開けると、大量のビニール袋と氷が入っていた。ビニール袋の中身は鹿《しか》の挽肉《ひきにく》だと麻野は説明した。

「ご連絡した通り、今日はジビエ料理をお出しします」

ジビエとは野生動物の肉のことで、鹿や猪《いのしし》、鴨《かも》や雉《きじ》などが主に食用として利用される。鹿肉の旬は春から夏だと麻野から聞いたことがある。

「知り合いの猟師から、害獣駆除で仕留めた良質の鹿肉を入手しました。臭みはないですが赤身が多いので、脂身を足すため豚との合挽肉を使います」

猟期は本来冬だが、田畑を荒らす害獣を駆除する目的での猟は許可されている。

麻野が言う知り合いの猟師のことは知っている。理恵の元同僚である伊予《いよ》の友人の瑠衣《るい》と、その恋人である二神《ふたがみ》のことだろう。最近では二神の師匠の所属する猟友会と契約し、良質なジビエを定期的にスープ屋しずくで購入しているらしかった。

「こんな貴重な食材、きっと高価だったでしょう」

クーラーボックスを覗《のぞ》き込んだ責任者が不安げに質問すると、麻野が首を横に振った。

「子ども食堂で使うと先方に伝えたところ、猟師さんが無償で提供してくださいました。子どもたちに最高の山の恵みを食べてほしいと仰っていたそうです」

「それはありがたいことです。子ども食堂に来る子たちは普段、友達に提供できる話題が少なくて。だから鹿肉を食べた経験を、きっと喜んでくれるはずです」

「少しでも楽しんでもらえたら幸いです」

美味しく栄養価の高い料理を食べる以外に、貴重な食材との出会いを提供することも心の支援に繋がる。麻野はそこまで考えて鹿肉を選んだのだろうか。

麻野は厨房にあった野菜を手にして目を輝かせた。農家から無償提供された野菜は形こそ歪《いびつ》だが、艶《あで》やかで張りがあって見た目から新鮮さが伝わってくる。

麻野が調理担当のボランティアと相談し、最終的なメニューを決めた。野菜たっぷりのミネストローネと五穀米のクリームリゾット、イタリアンドレッシングのサラダ、そして鹿と豚肉のミートボールが本日の献立になる。デザートとしてパンナコッタも用意されていた。

理恵はエプロンと三角巾をつけ、麻野の指示に従って野菜を刻んだ。麻野から以前、料理を教わったことがある。スープ屋しずくの店内で白インゲンのトマトスープを一緒に作ったのだ。麻野と同じ厨房で調理をするのはそのとき以来になる。

料理をする麻野は、背筋を真っ直ぐ伸ばしている。眼差しは真剣でありながら、素材や調理道具に触れる手つきは慈しみに満ちている。目の前の作業に集中しつつ、全方位に気を配っていた。

いつまでも見ていたくなるが、理恵は与えられた仕事に専念する。

下準備を終えたころ、開店時刻になった。店が開くのを待っていたのか、数人が入ってくる。省吾や責任者が笑顔で出迎え、理恵は厨房で出来上がった料理をテーブルに運んでいった。

小学校低学年くらいの少女が、ホールにいる露に気づいて笑顔を浮かべた。駆け寄ってきた少女を、露が優しく抱きとめた。

客はひっきりなしに入ってくる。食べ終えた客の食器を回収しに行くと、ほとんど食べ残しがなかった。満足そうな顔で帰っていく姿を見て、理恵の心に温かなものが満ちる。

そんなとき、真凛が店に入ってきた。今日も一人で、不安そうに店内を見回している。子どもの世話をする露を発見し、躊躇いがちな足取りで近づいていく。

露も真凛に気づき、二人は正面から向かい合う。距離があるため会話は聞こえないが、露たちはすぐに笑顔になった。仲直りができたらしい。

遊戯スペースには中学生くらいの子が数人いて、子どもたちの世話は手が足りているようだ。露と真凛は二人で席についた。テーブルで向き合い、楽しそうに夕飯を食べ進めている。

露たちが食事を終えたのを見計らい、理恵は席に近づいて話しかけた。新規の客が途切れ、余裕のある時間だった。

「こんばんは。お腹《なか》いっぱいになったかな」

顔を上げた真凛が嬉しそうな顔でうなずいた。

「ごちそうさまでした。大満足です。特に鹿肉が美味しかったです。はじめて食べたのですが、甘酸っぱくて食べやすかったです」

「それはよかった」

鹿肉のミートボールはバルサミコ酢を使った酢豚風の味つけだった。酸味を抑えながら甘さを強くして、子どもでも食べやすく仕上げてあった。中華風肉団子に似た味は好評で、食べ残しもほとんどなかった。ジビエに不安を抱く人向けに豚肉だけの肉団子も用意していたが、大半の子どもは鹿肉を満喫しているようだった。

「この酸っぱいタレはどうやって作るのですか？　酢豚とも違いますし、舌触りもちょっと変わっていますよね。とろみ剤は何を使っているのでしょう」

「聞いてくるから、ちょっと待っててね」

とろみ剤という言葉は、理恵には耳慣れなかった。でも意味は伝わるので、踵を返して厨房に向かった。

「調理中にすみません。お客さんから質問なのですが、ミートボールのソースのとろみは何でつけるのでしょう」

麻野はミネストローネをカップに盛りつける手を止めないまま答えた。

「バルサミコ酢を煮詰めると粘度が出るので、そのとろみを利用しています。ちなみに煮詰めることで甘みが強まるので、砂糖も少量だけで仕上げています」

「ありがとうございます」

理恵は席に戻り、真凛にレシピを伝えた。真凛は興味深そうに耳を傾けている。料理が好きなのかもしれない。

食事を終えた真凛と露は、遊戯スペースに戻っていった。理恵が食器を片付けて厨房に運ぶと、作業の手を休めた麻野が声をかけてきた。

「お疲れさまです。先ほどの答えで大丈夫でしたか？」

「満足してもらえましたよ。質問をしたのは真凛ちゃんだったのですが、最初は『とろみ剤は何を使っているか』と変わった質問をされて驚きました」

理恵の返事に麻野は表情を鋭くして、遊戯スペースへと顔を向けた。赤ちゃんの泣き声が響いている。真凛が手慣れた様子で乳幼児のおむつを替えていた。

理恵は麻野の突然の変化が気になった。だがすぐに注文が入ったため、麻野は調理に戻った。

七時半を過ぎ、新規の客は減ってきた。後の調理作業は他のボランティアスタッフに任せても問題なさそうだ。麻野と理恵は休憩することになった。麻野はエプロンを外しながら省吾に訊ねた。

「真凛さんは赤ん坊の世話に慣れていますね。ご親戚に乳幼児がいるのでしょうか」

「確かにいつも手伝ってくれますよね。ですが、そういった話は聞いたことがないです」

省吾の答えを聞いた麻野は、険しい顔つきになった。それから省吾に、真凛について知っていることを教えてほしいと頼んだ。麻野は何かに気づいたのだろう。

「はい、構いませんが……」

省吾は困惑しつつも、同じ学校に通う中学生から聞いたという真凛の学校生活について教えてくれた。

真凛は最近、遅刻と早退が多いという。欠席も増え、出席しても居眠りばかりらしかった。そのため教師から目をつけられ、頻繁に叱《しか》られる姿が目撃されていた。

「琴美ちゃんの話では、中学進学あたりから家に遊びに行くのを断られるようになったそうです。それまでは頻繁に互いの家を往《い》き来《き》していたみたいなのに」

麻野は眉間に皺を寄せ、省吾に小声で言った。

「気になることがあります。確認をお願いできますか？」

「なんでしょう」

麻野の深刻そうな物言いに、省吾も緊張の面持ちを浮かべる。それから麻野が披露した推理に、省吾の顔が青ざめる。

隣で聞いていた理恵は、思わず遊戯スペースに目を向けた。真凜の膝の上で、三歳くらいの男の子が目を閉じていた。食後に眠くなったのか微動だにしない。真凜は男の子の頭を、優しそうな手つきで撫《な》でていた。

4

目の前に青色の平皿が置かれる。鮮やかな赤色のスープがなみなみと注がれ、顔を近づけるとトマトの酸味が鼻腔《びこう》をくすぐった。

「お待たせしました。鯵《あじ》のつみれのトマトスープです」

人参や玉葱といった基本の野菜に、旬のアスパラガスも入っている。そしてメインとなるのは鯵のつみれだった。

「いただきます」

隣に座る露と一緒に手を合わせ、素朴な風合いの木製の匙を手に取った。全体的に厚みがあり、手触りに無骨さがある。スープをすくって、つみれをスープと一緒に口に運んだ。

「美味しい」

理恵は行儀が悪いと知りながら、口にものを入れながら感想を口にした。青魚特有の旨みを存分に発揮し、磯臭さはトマトの酸味が綺麗《きれい》に覆い隠している。

スープ屋しずくで扱うトマトは味や酸味が濃くて、鮮烈な味わいがまばゆい太陽を連想させる。食感を残すくらいに荒く叩《たた》かれたつみれと、手作り感あふれる匙の手触りが漁師飯の雰囲気を演出していた。

細かく切られた野菜たちも切り口が立っていて、しゃきっとした食感が心地良い。特にアスパラガスは噛むたびに瑞々しさが舌を喜ばせてくれる。

理恵は再びつみれを口に運び、噛みしめた瞬間に驚く。

「さわやかな香りがします。これってもしかしてミントですか?」

「さすが理恵さん。すぐに当てましたね」

最初のつみれと味が異なり、馴染みあるミントの香りがした。青魚にミントというと意外に思うが、思いのほか相性がよかった。臭みを消しつつ、青魚の風味と互いに引き立て合っている。

「面白い組み合わせですね。でも完全にアリです」

「びっくりしたけど、私も美味しいと思う」

露も隣で鰺のつみれを堪能している。

「ありがとうございます。ミントは紫蘇《しそ》科の植物ですから。青魚との組み合わせは案外いけますよ」

「そういう考え方もあるのですね」

紫蘇と鰺は日本料理で定番の組み合わせだ。なめろうを洋風にアレンジして、紫蘇をミントに置き換えるという発想なのだろう。

理恵はブラックボードに目をやる。鰺に含まれるＥＰＡは血中のコレステロール値を下げ、中性脂肪を減らす効能があるとされ、ＤＨＡは脳の発達に大きな影響を及ぼすという。またカルシウムも豊富に含むらしかった。

五月下旬になり、一気に気温が上がってきた。梅雨《つゆ》に入れば気温が下がるだろうが、汗ばむ空気にミントの清涼感がぴったりだ。

ドアベルが鳴り、省吾が店に入ってきた。前回の子ども食堂から三日経っている。今日来ることは、麻野に昨晩連絡が入っていたらしい。

省吾は慣れた様子でパンとオレンジジュースを用意してから、露の隣に腰かけた。麻野のメニュー説明にうなずいてから居住まいを正す。

「その節はありがとうございました。木戸さんのお宅の問題が一段落しました」

「それは何よりです」

麻野が安堵の表情を浮かべるが、露は不安げに省吾へ訊ねた。

「真凛ちゃんは最近、返事をくれないんです。今はどんな状況なのですか？」

「ちょっと慌ただしかっただけで、落ち着いたら露ちゃんにも連絡すると思うよ」

露が安心したのか深く息を吐いた。麻野がスープ皿を置くと、省吾が視線を落とした。スープの表面から湯気が立ち上っている。

「麻野さんに指摘をいただくまで、真凛ちゃんの状況に全く気づけませんでした。真凛ちゃんがおばあちゃんの介護をしていたなんて、すぐには信じることができませんでした」

理恵も麻野の推理を聞いていたが、正直驚きで言葉を失った。

木戸志真子と真凛が暮らしていたアパートには他にも住人がいた。志真子が存在を隠していたのだ。そして真凛は中学生でありながら介護を強いられていた。

「真凛ちゃんが世話をしていたのは志真子さんの母親、真凛ちゃんにとっては祖母に当たる人物です。名前は木戸志乃《しの》さんといいます」

志乃は岐阜の農村に住んでいた。三ヵ月前に長年連れ添った夫が亡くなるまで二人暮らしで、一年ほど前に転倒したことが原因で足腰を悪くしていた。すでに畑は止《や》め、年金と近所の農家からのお裾分けで暮らしていたという。

「志真子さんは父親の葬儀に出席したとき、志乃さんを引き取ることに決めたそうです」

元々、志真子と志乃は折り合いが悪かった。それなのに一緒に暮らすことに決めたのは、母子としてのしがらみゆえだったのだろうか。

志乃は人目を気にする性格で、なおかつ極度の完璧主義だった。そういった性格に嫌気が差して志真子は縁を切ったが、他人の失敗やミス、欠落に文句を言い続ける気質は現在も健在だった。そして志乃の偏狭な精神は自分自身にも向かった。

「志乃さんは自由に歩けなくなった自分を恥と考えていたそうです。そのため転居先であるアパートの一室から全く出なかったんです」

志乃は徹底的に人目を避けることを望んだ。カーテンを閉め切った部屋に籠《こ》もり、来客も全て拒絶した。真凛が家に友人を呼べなくなったのは祖母のせいだったのだ。

「加えて志乃さんは介護士などによる肉親以外のケアも拒否しました」

本来なら行政を頼るべきだと思う。しかし志真子と真凛以外が自分の介護をすることを志乃は嫌がった。

志真子は実家にいた頃、志乃から抑圧されていた。そして一緒に暮らすことで、かつての主従のような親子関係が復活してしまったのだ。

介護は家計も逼迫《ひっぱく》させる。志真子が今まで以上に働く必要があるため、必然的に介護は真凛の仕事になる。遅刻や早退、欠席が増えたのは志乃の世話をするためだったのだ。

「志乃さんのせいで、夜中に起こされることも少なくなかったそうです。授業中の居眠りは睡眠不足のせいだったんです。さらに志乃さんがテレビを占拠するため、流行の話題を得ることもできなくなったようです」

中学生であれば、テレビの話題は多いはずだ。真凛の家では母親のスマホくらいしかネット環境がなかったこともあり、友人とのコミュニケーションで不利な状況になっていく。教師からも目をつけられた結果、真凛の学校での居場所は徐々に失われていった。

「志真子さんには前夫が残した借金があって、志乃さんの援助で全額返済できたそうです。そのせいもあって頭が上がらなかったらしいです」

省吾の話を聞いていた麻野が、険しい表情で口を開いた。

「日本におけるヤングケアラーの問題は、もっと注目されるべきだと思っています」

「ヤングケアラーですか」

理恵の質問に、麻野が辛そうに目を閉じる。

家族の介護を強いられる若い世代のことをヤングケアラーと呼ぶらしい。収入の問題で介護を頼めなかったり、家族が望んだりするなど理由は様々だ。

日本でどれだけの数のヤングケアラーがいるか正確な統計は出ていないという。しかしかなりの人数が、家族の介護を担っていると推察されるそうだ。家族だから世話をするべきという考えが子どもたちの自由を縛っているのだ。

「十代の多感な時期は勉強に励み、青春を謳歌《おうか》するべきです。様々な体験をする機会を過度に奪われる行為を、僕は一種の虐待だと考えます」

友達と遊び、成績に一喜一憂する。部活に励んでもいいし、恋することもあるだろう。どれも貴重でかけがえのない体験だ。そして若い頃に味わったいくつもの失敗や成功は、人格形成に大きな影響を与える。

真凛はその全てを奪われていた。

理恵はここ数ヵ月の真凛の生活を想像する。友達とも会話が合わず、授業もまともに受けられない。家に帰ればカーテンを閉め切った部屋に、祖母とはいえ馴染みのない老人の介護を強いられるのだ。

真凛は学校で悲観的な発言を疎まれていた。高齢者の介護は衰えていく人物との関わり合いだ。できることは基本的に毎日減っていき、前向きな気持ちを保ち続けることは難しい。大人でも絶望に飲まれる状況で、真凛がネガティブな感情に支配されるのは当然だろう。

家族の世話を尊い行いだと考える人は多い。家族だからこそ手助けするべきという考えは根強いのだろう。

世の中は平等ではないのかもしれない。だけど何事にも限度がある。勉学をする時間を奪われ、たくさん味わうはずの楽しいことからも引き離される。線引きは難しいけれど、真凛の身に降りかかった介護の負担は明らかに一線を越えている。

「麻野さんは、なぜ気づいたのですか」

そこで省吾が顔を上げ、心底不思議といった表情で訊ねた。今日は下拵《したごしら》えの手を休めたまま、麻野は真剣な面持ちで答えた。

「真凛さんは乳幼児の世話に慣れていて、おむつの交換にも抵抗がありませんでした。さらにレシピの質問の際に、とろみ剤という単語を使ったそうですね。離乳食にも使用されるものですが、真凛さんは身近に小さな子どもがいないらしいと聞きました」

「それで介護の可能性に思い当たったのですね」

理恵の気づきに、麻野がうなずいた。とろみ剤は離乳食以外に介護食にも使用されるし、おむつの交換も老人介護で必要になる。

「お友達の琴美さんが見かけたカーテン越しの人物も理由の一つです。真凛さんが嘘をついていない場合、自宅アパートに別の人物がいることは明白です。志真子さんは長身のため見間違える可能性はないでしょう。そこで小柄な人物が他にいると考えたのです」

志乃は長身の志真子と異なり、背が低いという。さらに志乃は軽度の認知症を患っていた。そのため真凛のたんすを漁《あさ》り、大切にしていたワンピースを勝手に着ていたというのだ。琴美がカーテン越しに目撃したのは祖母の姿だったのだ。

「どうして真凛ちゃんは誰かに助けを求めなかったのでしょう」

理恵の疑問に、省吾が首を横に振った。

「俺もそれが不思議でした。だから真凛ちゃんに聞いたところ、おばあちゃんを見捨てられなかったと答えました」

麻野が強く目を閉じて、大きく深呼吸をした。店内に沈黙が降りる。麻野の肩がかすかに震えている気がした。

「家族の絆は大きな強制力を伴い、正と負の両方の面を持っています。介護をしないことを、家族を見捨てることと同義に考えたのかもしれません。そんなこと、絶対にないのに」

麻野が絞り出すように言う。麻野はかつて母親との関係によって辛い思いをした。何が起きたのか理恵は麻野から教えてもらった。しかし知っているのは出来事だけで、麻野がどれだけ苦しんだかまでは全然理解できていない。

露が泣きそうな表情で顔を伏せた。

「私は真凛ちゃんに、『真凛のいない人生なんて考えられない』というおばさんの言葉を伝えました。あれは真凛ちゃんには、呪いみたいなものだったのかな」

真凛は祖母の介護をどう考えていたのだろう。

懸命に仕事をする母親には感謝をしていたはずだ。血縁者である祖母の介護も、きっと率先して担おうとしたはずだ。

だけど介護のストレスは、中学一年生の女の子には負担が大きすぎる。

それでも必要とされることから逃れるのは難しい。介護が必要な祖母を目の当たりにした上で、母からも必要だと訴えられたら抗《あらが》うことは不可能だろう。

麻野が水道のレバーを上げ、水で両手を丹念に洗いはじめた。

「年老いた後に、家族の世話になりたいと願う気持ちは理解できます。しかし介護者が疲弊し切ってしまう状況は避けなければいけません」

省吾が時間が経ったスープを美味しそうに飲み込んだ。

「志真子さんと行政を交えて相談した結果、志乃さんを介護施設に入れることが決まりました。幸い空きもあって近日中に入所できる予定で、それまではヘルパーさんも手伝うことになりました」

志乃は内弁慶《うちべんけい》な性格だったのか、ヘルパーを前にするとしおらしくなったという。施設への入居もすぐに説得に応じた。自分への強気な態度と異なる弱々しい姿を目の当たりにして、志真子の決心も固まったようだ。

「介護の必要がなくなるとわかった瞬間、真凛ちゃんはその場にへたり込んだそうです。よっぽど疲れ果てていたのでしょう」

子ども食堂での優しい姿が本来の真凛のはずだ。中学校での生活もすぐに挽回《ばんかい》できるに違いない。省吾がスープを食べ終えてから麻野に頭を下げた。

「麻野さんのおかげで、真凛ちゃんを救うことができました。本来なら周囲の大人の誰かが気づいて、手を差し伸べるべきでした。本当に感謝しています」

麻野は山盛りのハーブから枯れた葉を細かく摘んでいる。省吾から感謝の気持ちを告げられ、麻野はいつもの微笑みで応えると思っていた。しかし麻野はなぜか無表情だった。

「実は木戸さんのお宅に二人以外の人物がいると気づいた理由は他にもあります」

淡々とした麻野の口調に、理恵は普段と雰囲気が違うと感じた。

「水野さんが最初に来店した際に、辛いものについてお話を伺いましたね。あのときの相談は、真凛さんからだったのではありませんか」

省吾はスープ屋しずくに来たときのことを思い出す。省吾の知り合いが、家族が辛い食べ物を求めるのを止めたいと悩んでいる、という相談だったはずだ。

「はい、そうですけど」

省吾が笑顔のままで返事をすると、麻野はフレッシュなミントをプラスチック容器にしまった。

「その後、水野さんは志真子さんに辛いものを食べないようアドバイスをしていました。しかし志真子さんは辛いものが苦手でしたね。つまり激辛料理が好きで腹痛に困っていたのは、祖母の志乃さんということになります」

真凛は家族に唐辛子好きがいることに困っていた。だが志真子は辛い食べ物が苦手な以上、残るのは志乃以外にない。麻野は硬い表情のままで言葉を続けた。

「ところで水野さんは、志真子さんが実家を出る経緯など、志真子さんの個人的な事情にとても詳しかったですね」

省吾は志真子の抱える悩みについて多くを教えてくれた。信頼を得た上で個別に相談に乗るなどしないと難しいほどの情報量だった。子ども食堂の営業中は忙しく、じっくり話を聞くのは難しいだろう。

「しかし水野さんは、志真子さんが志乃さんの出す料理に忌避感を示していたことを知っていましたよね。それなのに、志真子さんが辛い食べ物が苦手だと全く知りませんでした。絶対にあり得ないことではないですが、僕には少々不自然に思えました」

麻野がローズマリーをむしると、すっとするような香りがかすかに漂ってきた。

「ところで水野さんは以前、志真子さんから志乃さんが料理に胡椒をよく使うという話を聞いたと仰っていましたよね」

話を聞いていた理恵はようやく違和感に気づく。麻野の推理通り、真凛の言っていた辛いもの好きの家族は志乃なのだろう。しかし志乃は唐辛子以外の胡椒や和辛子、山葵などの辛味では納得しなかったはずだ。

麻野がハーブをボウルに入れてから、棚の奥から瓶を取り出した。

「世界には凄《すさ》まじい激辛のハバネロをはじめ、様々な品種の唐辛子があります。日本にも京都の万願寺《まんがんじ》唐辛子や沖縄の島唐辛子などの在来種が存在します。その上で僕は、志乃さんが好きな胡椒が唐辛子を指すと推測しています」

「どういうことですか？」

「この柚子《ゆず》胡椒のように、日本では唐辛子を胡椒と呼ぶことがあります」

麻野が取り出したのは柚子胡椒の入った瓶だった。和食で使用される柚子胡椒は名前と異なり、唐辛子と柚子を主な材料として作られる。

「そして志乃さんの故郷である岐阜の一地域では、あじめこしょうと呼ばれる辛みの強い唐辛子が栽培されているのです。生産数は少ないようですが、辛い料理が好きであれば、あじめこしょうを食べていたことも考えられるでしょう」

志乃は農業を営んでいた。自宅で作っていたか、もしくは知り合いの農家から分けてもらうなど、稀少な唐辛子でも入手する方法はあるはずだ。

「そうだったんですね。全然知りませんでした」

麻野が開封済みだった瓶の蓋を開ける。それから小匙で中身を少量すくい、味の確認をしていた。それを見ていた理恵の舌に、唐辛子の鋭い刺激の記憶が蘇《よみがえ》った。

「口頭での説明なら、あじめこしょうが唐辛子だと説明するはずです。でも水野さんは知らなかった」

省吾の顔が強張る。ややこしい食材だからこそ、話題に挙げれば説明するはずだ。

「志真子さんが身の上話を打ち明けたのは水野さんではなく、別の人物なのではないでしょうか。その方が書いた記録などを読んだだけだったために、情報に齟齬《そご》が生じたのではありませんか」

こしょうという文字だけ読めば、唐辛子だと判断するのは難しいだろう。

「水野さんは何かを隠していますね」

麻野の鋭い視線に省吾が黙り込む。顔を伏せていたかと思うと、長いため息をついた。面《おもて》を上げた省吾はどこか吹っ切れたような笑顔を浮かべていた。

「ご指摘の通り、志真子さんが親身に相談した人物は他にいます。ただ今は事情があって動けないでいます。俺はその人が記したノートを無断で読んだのです」

緊迫した空気を不安に思い、理恵は会話に割って入る。

「事故で休んでいるボランティアスタッフがいると聞きました」

「その通りです。現在は入院中で、意識不明の状態が続いています」

省吾が背筋を伸ばし、麻野を見据える。先ほどまでの明るさはどこにもない。省吾から向けられた視線の強さに、麻野が気圧《けお》されているようにも見えた。隣の露が手を握ってきたので、理恵は強く握り返した。静かな店内に、冷蔵庫らしき振動音が響いた。

「その人の名前は、夕月逢子《ゆうづきあいこ》です」

麻野が大きく目を見広げる。露が手に力を込めた。理恵も名前を知っていた。以前、露が謎の女性と行動を共にしたことがあった。そのことを報告すると、麻野は青ざめながら夕月逢子の名を呟《つぶや》いた。

麻野の唇が震えている。滅多に平静を失わないのに、顔から血の気が引いていた。それだけ麻野にとって衝撃的な名前なのだ。

夕月逢子は麻野の実の母親だ。

省吾は狼狽《ろうばい》する麻野を探るように見つめている。店内は静まり返り、誰かの息遣いだけが耳に届いた。

第二話

揺れる香りは嘘をつかない

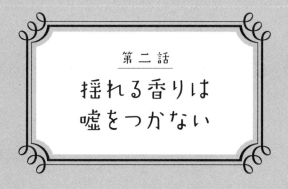

1

静けさが満ちる店内で、麻野と省吾が見つめ合う。理恵たちの前に置かれた皿は空になっていた。

省吾が椅子に座り直す。

「夕月さんはＮＰＯ法人の募集に応募し、十年ほど前から仕事の合間に子どもを救うボランティア活動に従事していました」

逢子は児童養護施設に足を運び、子どもたちの世話を手伝っていたという。遊び相手から通学の見守り、勉強の支援、身だしなみを整える、裁縫での衣類のケアなどボランティアの内容は多岐に亘《わた》っていたそうだ。

「露、上に行っていなさい」

麻野が露に呼びかける。話を聞かせたくなかったのだろう。だけど露は首を横に振った。

「私もおばあちゃんの話を聞きたい」

露の強い口調に、麻野が困惑顔になる。抵抗を受けると考えていなかったのかもしれない。露が背筋を伸ばすと、省吾が話を続けた。

「俺は八年くらい前に、児童養護施設で夕月さんと出会いました。自棄《やけ》になっていた俺に、夕月さんは優しく接してくれました。そのおかげもあって改心し、今では奨学金で大学に通えるまでになりました」

省吾が目を細める。実感の籠もった声音からこれまでの苦悩と、そして逢子への心からの感謝が伝わってくるような気がした。

露は真剣な眼差しで、会ったことのない祖母の話に耳を傾けている。

逢子は児童養護施設での活動を続けつつ、昨年から子ども食堂を手伝うようになった。大学生になった省吾も授業の合間に顔を出した。

しかし一ヵ月半前、衝撃的な出来事が起きる。夕月逢子は河川敷で倒れているところを早朝にジョギングをしていた女性に発見されたのだ。逢子は駆けつけた救急隊員によって病院に搬送される。倒れていたコンクリートには大量の血が付着していたという。

逢子は春先の肌寒い空気のなかで一晩中、放置されたようだった。頭蓋骨にひびが入っていたため緊急手術が行われ、逢子は一命を取り留めた。

「夕月さんは現在も目覚めていません。外傷は治ったようですが、脳にダメージを負ったのが原因らしいです。医者の見立てでは目覚める可能性は高いとのことですが、いつになるかわからないと言われました」

無言で話を聞いていた麻野の肩が震えている。母親と縁が途切れて久しいといっても、意識不明と聞けばさすがに平常心ではいられないだろう。

「警察は現場検証の結果、足を滑らせたことによる事故だと判断したようです。ですが俺には、夕月さんがあの場所にいたことが信じられないんです」

「現場が水辺だからでしょうか」

麻野の質問に、省吾が目を大きく広げた。

「その通りです。さすが息子さんですね。夕月さんは川に近づくことを怖《おそ》れていました。橋を渡ることさえ不安そうにしていたくらいです。河川敷に行くなんてあり得ない」

「……橋は渡れるようになったのですね」

麻野が水道の蛇口を見つめた。麻野が逢子と一緒に暮らしていた頃は、河川にかかる橋でさえ拒否していたのだろう。麻野は姉を川の事故で亡くしている。逢子が川を避けるのは、娘の死が影響していると思われた。

麻野はかつて夕月暁《あきら》という名前だった。そして姉である夕月日向子《ひなこ》の死を発端に、夕月家をある悲しい出来事が襲った。その結果、母子には致命的な亀裂が生じ、同時に麻野静句《しずく》との出会いをもたらすことになる。

夕月暁は児童養護施設で育ち、母子の交流はなかったと聞いている。そして夕月暁は静句と結婚し、麻野姓に変わったのだ。

「俺は何か理由があると考えました。そして知り合いに聞いて回った結果、夕月さんは倒れる前にいくつかの悩みを抱えていたことがわかりました」

そのほとんどは交流のある少年少女と、その家族に関係することだった。相手からの相談を受けるなどして、ボランティアの範疇《はんちゅう》を越えて力になろうと奮闘していた痕跡がうかがえた。

「俺は夕月さんが何に取り組んでいたのか調べました。木戸さん一家の件もその一つです。そのなかで一つだけ、夕月さん個人の悩みがありました。それが実の息子である麻野さんのことでした」

逢子は知人に一度だけ、麻野についての話を漏らしていたという。どこから情報を得ていたのかわからないが、逢子はスープ屋しずくの存在を把握していた。

「その知り合いが聞いた一年前の時点では、夕月さんは一度も店に近づいたことはないそうです。でもその後に動きがあったかもしれません。それで俺はスープ屋しずくにお邪魔したんです。正体を隠していたことは、本当に申し訳ありません」

省吾は立ち上がり、深々と頭を下げながら言葉を続ける。

「それと麻野さんにお願いがあります。どうか夕月さんに会ってもらえませんか。息子さんが声をかければ意識が回復するかもしれません」

省吾が悲痛な声で訴えかける。露も不安そうな表情で父親を見守っている。麻野が目を閉じ、口を開いた。

「少し考えさせてもらえますか。今日はどうかお引き取りください」

感情を押し殺したように平坦《へいたん》な口調だった。省吾が戸惑いの表情を浮かべている。返事の先延ばしが想定外だったようだ。

薄情と思っただろうか。麻野は以前、理恵の思い込みから、逢子が露と一緒に行動していると勘違いしたことがあった。そのときの狼狽ぶりを思い出すと、即座に返事できないのも仕方ないことだと思えた。

「よい返事をお待ちしております」

省吾が頭を上げ、店を出ていった。理恵の出社時間が近づいている。麻野にかける言葉が見つからない。代金を渡すとき、指が麻野の手のひらに触れた。

「またお待ちしております」

麻野の声は明らかに元気がなかった。理恵は普段と同じ声になるよう努める。

「ごちそうさまでした。露ちゃん、行ってくるね」

「お仕事がんばってください」

店を出ると、空は薄暗い雲に覆われていた。遠くからけたたましいクラクションが響く。後ろ髪を引かれながら、会社に向かうためスープ屋しずくから離れた。


テーブル席からグラスを重なり合わせる甲高《かんだか》い音が聞こえてくる。夜のスープ屋しずくは仕事帰りの会社員を中心にして、お酒を楽しむ客で賑わっていた。

「理恵さんと飲むのもひさしぶりですねえ」

省吾が訪れた翌日の夜、理恵はスープ屋しずくにやって来た。カウンター席の隣で、会社の元同僚である伊予が自家製サングリアの白を楽しんでいる。ハーブやドライフルーツを漬け込んだ白ワインは、エルダーフラワーの味が一際効いている。マスカットを思わせる甘い香りのハーブが蜂蜜の甘みと調和している。

「酔っ払えて身体にもいいなんて最高だなあ」

伊予がグラスを口から離して笑う。伊予とお酒を飲むのはひさしぶりだ。

スープ屋しずくの夜メニューには、全ての品に一口ワンポイントメモが添えられている。エルダーフラワーは強い抗アレルギー作用で知られていて、ヨーロッパで田舎の薬棚と呼ばれて親しまれているという。

理恵は自家製サングリアの赤を口に運ぶ。こちらはスパイスのクローブが効いていて、官能的な香りと赤ワインの渋みとが互いに引き立て合っている。クローブには身体を温めてくれる効果を期待できるらしかった。どちらのお酒にも麻野が得意とする、美味しさを液体に溶け込ませる技術が発揮されていた。

理恵は陶器の皿に盛られたマッシュルームをフォークで刺して口に運ぶ。噛みしめるとキノコのジュースが、じゅわっと口いっぱいに溢《あふ》れ出た。

注文したのはマッシュルームの軽い煮込みという前菜メニューだ。ブイヨンと塩、オリーブオイルという味つけのみで、白ワインでさっと煮ただけのマッシュルームは手こそ込んでいないけれど旨みが最大限に引き出されている。素材の良さを活かすための引き算が巧みなのも麻野の料理の魅力の一つなのだ。

料理とお酒を味わっていると、ホール担当の慎哉《しんや》が近づいてきた。

「いらっしゃい、理恵さん。会社が遠くなったのに、伊予ちゃんと一緒に来てくれるなんて嬉しいよ」

「当たり前じゃないですか。私と理恵さんの仲は転職なんかじゃ引き裂けないんだから」

　慎哉が軽い口調で声をかけ、伊予が同じ調子で返す。春先なのに浅黒く日焼けした肌と、金色に染めた髪をつんつんに立てた慎哉の姿は遊び慣れた大学生を思わせる。だけど実は、麻野とその妻の静句の古くからの友人であり、スープ屋しずくのオーナーでもあった。

　理恵はこれから運ばれてくる料理に合わせたワインを、ソムリエ資格を持つ慎哉にお任せで頼む。ワインは種類が無数にあるため、詳しい人に選んでもらうのが一番だ。

「オーケー。手頃な値段で最高のマリアージュを提供するよ」

　慎哉の陽気な接客は、スープ屋しずくのディナータイムの人気の理由の一つでもある。

「ちょっとお手洗いに失礼しますね」

　伊予が席を立つ。それを見計らい、理恵は慎哉に小声で話しかけた。

「あの、麻野さんの様子はいかがでしょう」

　ぼかして訊ねたけれど、慎哉の顔色がすぐに曇った。

「例の件、理恵さんも居合わせたんだよね。暁は一応普段通りだけど、お見舞いは断ったよ。俺も無理に行く必要はないと思ってる」

慎哉は逢子と面識はないらしいが、過去の騒動には静句を通じて関わったと聞いている。麻野がどれだけ苦しんだかも知っている。だからこそ見舞いに否定的なのだろう。

慎哉は席を離れ、すぐにグラスワインの白を二つ運んできてくれた。グラスを顔に近づけると、若草を思わせる香りが感じられた。

「あれ？」

カウンターの奥にある壁際の扉がわずかに開いていた。普段、朝に露が出入りする場所だ。そして隙間から露が顔を出し、店内を探るように見回していた。目が合うと、露は手のひらに四本の指を当てて掲げた。数字の九だろうか。理恵は少し考えてから自分が手首に巻いた腕時計を指さしてみた。すると露は大きくうなずいてから、店の裏手に人差し指を向けて顔を引っ込めた。

露が戸を閉めてすぐ、伊予が戻ってきた。

「時間がどうかしましたか」

腕時計を指さしたままの理恵に伊予が首を傾げる。

「ううん、何でもないよ」

誤魔化してから、露の行動の意味を考える。あれは九時に店の裏手に来てほしいという意味だろう。何か話があるのだろうか。今の時間は六時四十五分だ。伊予とお喋《しゃべ》りを楽しみながら店を出れば、そのくらいの時間になるはずだ。

露が顔を覗かせた戸を見つめていたら、厨房から慎哉が料理を運びながら出てくる。目が合った瞬間に慎哉がウインクをしてきた。


会社での愚痴を言い合っていたら、時間はあっという間に過ぎていった。伊予は明日大事な会議があるらしく一軒目でさっと帰っていった。

店の近くで伊予と別れた時点で、約束のはずの九時を五分過ぎていた。ほろ酔い加減ながら急いでスープ屋しずくに戻り、ビルの脇を通って裏手に回る。

スープ屋しずくは古びた四階建てのビルの一階に店を構えている。三方を真新しく高いビルに囲まれ、建物の裏手は夜になるといっそう暗かった。

ビルの二階の半分が、麻野と露の居住スペースになっている。蛍光灯に照らされた裏階段の途中で露が座っていた。

「ごめん、待たせたね」

「こちらこそ突然すみません。来てくれてよかったです」

露が申し訳なさそうに頭を軽く下げる。ビルの裏手の一階部分は勝手口になっていて、その先はスープ屋しずくの厨房になっている。食材や飲料の段ボールがドアの脇に積んであり、窓の先には明かりが灯《とも》っている。その先で麻野が現在進行形で料理をしているのだ。

裏階段を上り、露の隣に座る。コンクリートが熱を奪い、お尻がひんやりとした。

「お父さんが、おばあちゃんのお見舞いを断ったのは知っていますか」

「さっき慎哉くんから聞いた」

理恵が答えると、露は背中を丸めて自分の両膝を抱きしめた。

「お父さんとおばあちゃんに何があったのか、だいたい知っています。だからお父さんがお見舞いに行けないことは、仕方ないことだとわかっています」

「そうだね」

スープ屋しずくの厨房に換気扇が回っている。そこから芳《こうば》しいブイヨンの香りが漂っていた。スープ屋しずくのブイヨンの香りは、嗅ぐだけで優しい気持ちにさせてくれる。

「でも私は、おばあちゃんに会いたいんです」

「どうしてかな」

理恵の問いかけに、露は両膝に顔をうずめた。

「この世界に、お父さんのほうのおばあちゃんは、たった一人だけだから」

「……そうだね」

肉親に会いたいと願う気持ちは無条件なものなのだろう。時としてしがらみになるほど強力であり、同時にかけがえのない感情でもある。

「でも本当に今のおばあちゃんに会うべきか、調べなくちゃいけないって思ったんです。省吾さんの調査に私も協力したいんです」

省吾に協力すれば、おのずと現在の逢子がどのような人間か知ることができるはずだ。露の履いているサンダルの底がコンクリートに擦れて音を立てた。

「でもあんまり知らない大人の人と二人で調べるのはちょっと……。慎哉さんもおばあちゃんにいい印象がないから頼めないし。だからお願いできるのが理恵さんしかいなくて」

それほど親しくもない男子大学生と二人で行動するなんて、女子小学生なら不安に感じるはずだ。理恵は返事に迷った。保護者の意向を無視して、親族に関わる調査に手を貸すのは踏み込みすぎに思える。

「お願いします」

露の視線は真っ直ぐで、頑なな意思が感じられた。おそらく露は理恵が手を貸さなくても、人見知りを我慢して省吾との調査に加わるように思えた。

理恵は自分が座っている裏階段で、かつて起きた出来事を思い出す。その際の顚《てん》末《まつ》から考えると、露は思い詰めると何をしでかすかわからない側面が垣間《かいま》見えた。

「わかった。仕事の合間でよければ協力するよ」

「ありがとうございます。理恵さん」

露の行動を麻野に報告するのも、告げ口のようで気が引ける。目を配れる状況に置いたほうがいいだろう。

露が理恵の手を取って、ぎゅっと握ってきた。メイン料理を手がけているのか、厨房の換気扇から牛肉の焼ける芳ばしい香りが漂ってきた。

2

電車に揺られ、馴染みのないＪＲの小さな駅で降りる。改札を出てすぐ省吾が待っていた。理恵と露は省吾に案内され、商店街を並んで歩く。

「俺が調べた範囲では、夕月さんは五つの問題に心を痛めていたようです。真凛ちゃんの件は解決したから、息子さんの件を除けば残りはあと三つですね。そこで今日は親子分離にあったシングルファザーの方とお話しする予定です」

「親子分離ですか？」

「行政によって、親と子が引き離されることです」

理恵たちは真新しい建物に到着する。看板によれば児童相談所以外に、こども福祉センターなど児童に関係する公共施設が複合的に入った施設のようだった。

正面の自動ドアから入ると、子どもたちの歓声が耳に飛び込んできた。一階フロアに遊戯場が広く取られていて、母親に見守られながらはしゃいでいる。ゆったりとしたスペースにはベビーカーが余裕を持って並べられていた。

エレベーターで三階に移動する。児童相談所と書かれた透明なドアを開けた瞬間、男性の怒鳴り声が聞こえた。

「いい加減にしろ。早く峻一《しゅんいち》を返せ！」

怒りに満ちた声に、理恵は反射的に立ち竦《すく》んだ。露が理恵の背後に避難する。フロアには他の来所者の姿も多数見受けられたが、一様に心配そうな眼差しを向けていた。男性に相対している職員は四十歳過ぎと思われる女性だった。

「申し訳ございません。何度もご説明した通り、まだお子さんはこちらでお預かりすることになっているのです」

「だから俺は虐待なんかしていないんだ！」

男性の剣幕に、女性職員は表情を変えないままだ。男性はしばらく相手をにらみつけてから乱暴に振り向いた。椅子に足が当たって音を立てる。今にも暴れ出しそうな態度は、モンスターペアレンツという言葉を想起させた。すると男性が眉を上げ、省吾が会釈を返した。

「あの方が今日お会いする赤羽鋼一《あかばねこういち》さんです」

鋼一が近づくと、露は完全に理恵の背中に隠れた。露の態度に鋼一はばつが悪そうに笑った。

「見苦しい姿を見せたな」

「いえ、お時間をありがとうございます」

鋼一の物腰は落ち着いていて、先ほどまで職員に激昂《げっこう》していた姿とは別人のようだ。背が高く筋肉質で、年齢は理恵と同世代の三十歳前後に見えた。髪を短く刈り込んでいて、ヨレヨレのワイシャツにチノパンという服装だ。省吾が笑顔で話しかける。

「せっかくだしお昼ご飯でも食べながらお話をしませんか。近所にオーガニック素材の美味しいカフェがあるんですよ」

「そうだな。腹も減っているしちょうどいい」

理恵たちは児童相談所を出た。大通りを進みながら鋼一と省吾が会話を交わす。

「夕月さんのことを調べているんだったな。あの人はまだ意識が戻らないのか」

「まだ眠ったままです」

「夕月さんには本当に世話になった。一刻も早く目を覚ますことを願っているよ」

それから鋼一は、理恵の背後を歩く露を一瞥《いちべつ》した。

「君がお孫さんか。事情があって、夕月さんと会ったことがないんだってな」

体格が良いせいか、鋼一には威圧感があった。露が背筋を伸ばして頭を下げる。

今日は露が、面識のない祖母の話を聞くという名目になっていた。

「初めまして、麻野露と言います。本日はよろしくお願いします」

露は明らかに緊張していた。すると鋼一が優しげに目を細めた。

「顔はあまり似ていないが、何となく雰囲気が近い気がする。なぜだろうな。夕月さんも同じようにさらさらな髪をしているからかもしれない」

露の真っ直ぐで艶やかな髪質は父親譲りだ。それは逢子からの遺伝なのだろう。知らない祖母に似ていると言われ、露は曖昧な笑みを浮かべた。

省吾が案内したのは、グレーと白を基調にしたシンプルな外観のカフェだった。店内はゴシック体の英字を基軸に装飾してあり、アメリカの都会を思わせる小洒落《こじゃれ》た雰囲気だ。看板にはカタカナで『カフェリンク』と書かれてあった。

店は混み合っていたが四人席が空いていた。省吾はランチならカレーがおすすめだと紹介した。店内にはスパイスの香りが漂っている。せっかくなので一番人気というビーフカレーに決めると、全員が同じものを頼んだ。

女性店員に注文を終えると、鋼一は逢子との出会いについて教えてくれた。

「俺が夕月さんと初めて顔を合わせたのは、子ども食堂でのことだった。省吾くんも手伝っているところだ」

鋼一は現在、三十三歳だった。妻の知枝《ちえ》と二人暮らしで、昨年一人息子である峻一を授かった。しかし知枝は生まれつき身体が弱いせいもあって出産に耐えられず、峻一を産んだ翌月に命を落とした。

鋼一の両親はすでに亡くなっていて、頼れる親類もいなかった。知枝の両親とは結婚を強く反対された際に縁を切り、今では連絡が途絶えていた。鋼一は男手一つで、育児休暇や時短勤務を活用して一歳になる息子を育てるため奮闘した。

店員がランチセットのサラダを運んでくる。レタスやトマト、胡瓜《きゅうり》など定番の野菜が盛られている。ドレッシングもサラダオイルと酢を使った昔ながらの味だった。

「恥ずかしながら家事は不慣れで、特に食事作りが苦手でね。そんな折りに隣に住む男の子から『子ども食堂はぐみ』を紹介されたんだ」

隣の家に住む高橋道夢《たかはしどうむ》という少年は祖父と二人暮らしで、以前から子ども食堂を利用していたという。

子ども食堂はぐみでは、離乳食も提供しているらしかった。

「そこで俺は省吾くんや夕月さんに出会ったんだ。特に夕月さんは親身に相談に乗ってくれた。子育ての経験を元にしたアドバイスには本当に助けられたよ」

男性一人で育てるに当たって、わからないことだらけだったという。そんな不安でいっぱいな鋼一の相談に、逢子は何度も乗っていたらしい。

「そして二ヵ月前、峻一が救急車で運ばれたんだ」

鋼一が悔しそうに拳に力を込めた。

その日は仕事が休みで、鋼一は朝から自宅アパートにいた。おむつを交換すると、買い置きが終わりかけていることに気づく。他にも細々とした生活必需品がないことに気づき、少しだけなら大丈夫だろうと思い自宅アパートに峻一を置いて買い物に出かけることにした。

近所のドラッグストアまで、往復で十分もかからない。買い物を手早く終わらせた鋼一は二十分くらいで家に戻ったという。

「峻一は最近ようやくつかまり立ちができる程度だから、少しくらい離れても平気だと思ってしまった。どうして一人で置いていったのか、今でも悔やんでいるよ」

鋼一が部屋に戻ると峻一が畳に横たわっていた。最初は寝ているだけかと思ったが、抱え起こすとぐったりしていた。肩を軽く揺さぶっても目を開けず、顔色はどんどん青白くなっていった。

「俺は慌てて救急車を呼んだ。救急隊員からは電話で、呼吸があるか確認するよう指示された。耳を近づけるとかすかにあって、本当に安堵したよ」

救急車が到着し、峻一は病院に搬送された。頭部のCTスキャンを行った結果、急性硬膜下血腫と眼底出血を起こしていると診断された。

急性硬膜下血腫は頭蓋骨の内側で出血して血の塊が脳を圧迫する症状、眼底出血は眼球を覆う網膜の血管が破れている状態のことを指すらしい。

「診察に当たった医者は、他にも軽度の脳浮腫《のうふしゅ》があると言った。脳の組織に水分が異常に溜《た》まった状態らしい。ただ手術は必要なく、後遺症も出ないだろうと説明されてホッとしたんだ」

そこで医師は鋼一に、児童相談所に報告する義務があると告げたという。乳幼児にこういった診断が下ると、虐待の可能性があるとして関係機関に知らせる必要があるらしいのだ。

「俺は医者の話を適当に受け流した。虐待なんてしていないんだからな」

一時間ほどして児童相談所の職員が病院にやってきた。事情を聞かれた鋼一がありのままを説明すると、職員はすぐに帰っていった。峻一は入院が決まり、鋼一は準備のために一旦帰ることになった。

鋼一は三日間、足繁く病院に通った。脳の腫れの経過観察のため、峻一の退院は見通しが立たない。そんな折り、鋼一は現場検証を受けることになる。

「早朝に突然、警察が十人以上押しかけてきたんだ。近所からは不審な目で見られるし、今思い出しても本当に腹が立ってくる」

鋼一は怒りをこらえながら警察の捜査に協力したという。状況説明をしている最中、警察からは鋭い目つきを向けられていたらしい。

その日の午後、鋼一は児童相談所に呼び出される。仕事を抜け出して駆けつけると、担当者を名乗る女性から、峻一を一時保護したと通告されたのだった。

「何が起きたのか全然わからなかった。茫然《ぼうぜん》とする俺に、児相《じそう》は俺が峻一を虐待したという判定を下したと説明しはじめたんだ」

黙って話を聞いていた省吾が口を開いた。

「一時保護は命や身体に危険が及ぶ恐れがある子どもを、一時的に保護する行政処分です。子どもを親から引き離すわけですが、児相による独自の判断で執行できるんです」

親権を持つ保護者から子を引き離せるのなら、かなり強力な権限だ。だけど親からすれば、無理やり子を奪われることになる。鋼一は病院に見舞いに行っても、病院側に阻まれて峻一と会えなくなった。

「途方に暮れていた俺を、夕月さんが励ましてくれた。一緒に児相に来てくれて、顔馴染みという職員に掛け合ってくれた。顔が利くらしく、児相側も聞く耳を持ってくれた。希望が見えはじめた矢先に、夕月さんが意識不明になったんだ」

ある日病院に赴くと、親への報告なしに退院の手続きを済ませていた。峻一が一時保護されてから二ヵ月が経過していた。現在は乳児院という施設に入っているが、一度も会えないでいるらしい。鋼一が顔を両手で覆った。

「どうして俺は、峻一から目を離してしまったんだろう。妻に申し訳が立たず、離ればなれになった日以降、俺は一度も妻の遺影を正面から見られないんだ」

幼い子どもは日に日に成長し、一週間でも大きく変わる。成長を見られないのは辛いはずだ。職員相手に感情を抑えきれず、怒鳴ってしまう気持ちも少しだけ理解できた。

大柄な熊のような風貌の男性が、全員分のカレーを運んできた。白い平皿に五穀米が盛られ、黒に近い濃い色のカレーが注がれていた。大きめの牛肉が入っていて、煮込まれたルーの濃密な香りが感じられる。

理恵は金属のスプーンですくって口に運ぶ。見た目は欧風カレーのようだが、スパイスの香りの輪郭がはっきりしている。最近どこかで感じたことのある香りのような気がした。

大きな牛肉を口に運ぶ。よく煮込まれていて、軽く嚙むだけで繊維がほどけた。省吾が紹介するだけあって、誰かにオススメしたくなる個性的なカレーだ。味わっていると省吾が鋼一に訊ねた。

「夕月さんがなぜあの日、河川敷にいたのか、鋼一さんは何かご存じですか」

「わからないな。発見された日の前日に夕月さんと会っていたが、特に何も言っていなかったはずだ。俺には様子も普段通りに見えた」

前日の昼頃、鋼一と逢子は喫茶店で話をしていたという。峻一の引き取りに向けて、今後の指針を立てる目的だった。そこで鋼一が首をひねった。

「思い出した。そういえば夜に用事があると話していたんだ。何をするのか訊ねたら、ちょっとした野良《のら》仕事だと笑っていたな」

逢子は明け方に河川敷で発見された。夜に意識を失い、そのまま一晩過ごした可能性は高い。しかし野良仕事とは何を指すのだろう。省吾が質問を続ける。

「夕月さんから聞いたのですが、峻一くんがぐったりしている部屋に入った時に、馴染みのない臭いがしたそうですね」

逢子が書き残したノートからの情報だと思われた。鋼一がスプーンを置き、水を口に運んだ。

「そういえば、そんなことを言った気がする。夕月さんは混乱する俺の話し相手になってくれたから、そのときに話したはずだ」

そこで鋼一がカレー皿に視線を落とす。すでに食べ終えていたが、米粒が皿にくっついていた。

「そういえば、このカレーの匂いに似ていたかもしれない。今となっては、ただの勘違いだった気もするけどな」

鋼一が深く息を吐いてから、露に視線を向けた。

「夕月さんは峻一のことを本当に可愛がってくれた。目が覚めたとき、峻一とお見舞いにいけるように願っているよ」

「おばあちゃん、みんなから慕われているんですね」

「ああ、みんなが頼りにしているよ」

鋼一がうなずく。麻野から伝え聞いていた逢子と、現在の逢子の印象は全く異なる。二十年以上の歳月は、人の在り方を変えるのに十分な期間でもあるのだろう。

しかし麻野が逢子のせいで心に傷を負ったのも事実だ。

カフェリンクから駅までの道の途中に鋼一の自宅はあるらしい。店を出た四人が住宅街の細い路地を歩くと、平屋の一軒家に到着した。赤羽と書かれた表札が風雨に晒《さら》され、文字が消えかけていた。

自宅に近づいたところで、突然一人の少年が鋼一に声をかけてきた。

「鋼一おじさん、おかえりなさい」

年齢は露と同じか少し下くらいで、理恵は顔に見覚えがある気がした。少年は手にビニール袋を提げていた。

「おお、道夢くんか。ただいま」

鋼一は道夢と呼ばれた少年と親しげに会話を交わしている。道夢は鋼一にビニール袋を差し出した。

「あのこれ、親戚からもらった水ようかん、じいちゃんからのお裾分けです」

「嬉しいよ。大好物なんだ。いつもすまないな」

「いえ、峻一くんが早く帰ってくるといいですね」

道夢は礼儀正しくお辞儀をする。それから道夢が露を見て、目を大きく広げた。露が小さく頭を下げると、道夢も同じように会釈した。

道夢が隣の家に帰るのを、鋼一が優しげな眼差しで見守っていた。

「あの子が子ども食堂を紹介してくれた道夢くんだ。峻一の面倒もよく見てくれて、今回の件も心配してくれている。おじいさんに礼儀を厳しく教えられているからか、妻の仏壇にもよく手を合わせてくれるんだ」

それから鋼一は別れの言葉を告げ、ポケットから鍵《かぎ》を取り出した。しかし差し込む前に戸惑った顔を見せて玄関の戸を開けた。鍵をかけ忘れて出かけていたらしい。鋼一は照れ笑いを浮かべながら自宅に入った。

駅に向かう道すがら、露が道夢に会釈をした理由を教えてくれた。

「道夢くんのことは何度か子ども食堂で見かけました。理恵さんも会ったことがあるはずですよ」

「そういえば」

以前手伝った際に、祖父くらいの年齢の人と一緒に来ていた男の子がいたことを思い出した。

路地を抜けて大通りに出る。信号待ちの間に省吾が口を開いた。

「道夢くんは子ども食堂の常連なんです」

高橋道夢は現在、小学五年生だった。親子三人で暮らしていたが、父親が借金を抱えて失踪したことから不幸に見舞われることになる。

道夢は数年、母子で生活をしていた。そんな折りに母親の再婚が決まる。しかし母親は新たな生活をはじめるに当たり、道夢を祖父の家に預けてしまう。

「新しい旦那が子連れを嫌がったらしいです。そこで母親は『いい子にしていれば迎えに来る』と言い残して、道夢を置いてけぼりにしたんです」

母親は現在、遠方で新たな家庭を築いているという。道夢の礼儀正しさを思い出す。祖父が厳しいとのことだが、母親の言葉を忠実に守っているためでもあるのだろう。

「不憫《ふびん》に思ったおじいさんは再就職して道夢くんの面倒を見ています」

祖父は仕事の合間を縫って家事をしていたが、どうしても手が回らない。そこで子ども食堂を知り、定期的に孫を連れていくようになったそうだ。

理恵たちは駅に到着した。省吾は改札の手前から理恵たちを見送ってくれた。電車を待ちながら、露はホームから見える街並みを見つめていた。

「おばあちゃんの話が聞けて良かったです。理恵さん、一緒に来てくれてありがとうございます」

「いいんだよ」

スープ屋しずくのある駅まで、ここから一度だけの乗り換えで行ける。目の前に広がる小さな町に、逢子は住んでいたのだ。滑り込んできた電車に乗り込むと、すぐに発車ベルの音が鳴り響いた。

朝から曇りがちで、湿気で空気が重苦しい。遥《はる》か南方で台風が発生したと天気予報士がテレビで話していた。

薄暗い路地に暖色の灯りが灯っている。スープ屋しずくのドアを押すのを、理恵は一瞬だけ躊躇《ちゅうちょ》した。だけど思い直してドアを押す。ベルの音と一緒に、ブイヨンの香りが鼻をくすぐった。

「おはようございます、いらっしゃいませ」

「おはようございます」

麻野の穏やかな笑顔は今日も健在だけれど、胸に少しだけ後ろめたさがあった。露の頼みとはいえ、麻野に無断で逢子について調べているのだ。

今日の朝営業はテーブル席に二人客が二組すでに座っていた。理恵は顔に出さないようにしながらカウンター席に座った。

「本日は新ジャガ芋の薬膳スパイシースープです」

「美味しそうですね。楽しみです」

麻野はフランス料理店で修業した後に、独学で様々な国の料理を勉強している。どの品も各国料理の専門店に負けない味なのは、弛《たゆ》まぬ研鑽《けんさん》の賜物《たまもの》なのだろう。

いつものようにドリンクとパンの置かれた場所に行くと、普段は見慣れないジャスミンティーと中華風の蒸しパンがあった。薬膳中華に合わせたのだろう。理恵はどちらもいただくことにする。席に戻ると、麻野が料理を前に運んでくれた。

「お待たせしました」

青緑の絵付けのされた白色の陶器に、とろみのあるスープがもられている。しかし洋風のミルキーな見た目ではなく、鶏挽肉などが浮かんだ汁は澄んでいた。

陶器製の匙を手にして、先端を沈める。皿からは鶏に加えて、スパイスの複雑な香りも感じられた。ぽってりとした滑らかなスープを口に運んだ。

滑らかな食感を舌の上に感じ、鶏スープのまろみが染み渡る。葱と生姜《しょうが》の風味が加わることで、いっぺんに中華の味わいになっている。

それから馴染みのあるスパイスの香りが複雑に重なりながら鼻を抜ける。カレーのようでもありながら漢方薬も連想させた。

「スパイスが良いアクセントになっていますね。これはシナモンと……、他は何でしょうか」

「あとはクローブとフェンネルですね。どれも世界各国で愛されるスパイスです」

言われてみれば、先日飲んだサングリアの香りと同じ香りが混ざっている。

「食欲をそそりますね。朝でもたくさん食べられちゃいます」

理恵は中華風蒸しパンを口に運ぶ。小麦の味をダイレクトに感じられるふわふわの生地はねっとりとした舌触りもあって、中華風の鶏出汁によく馴染んだ。

理恵は店内奥のブラックボードに視線を移す。クローブは日本では丁字《ちょうじ》とも呼ばれ、胃を温めて停滞したものを動かすという。胃の健康や胃腸のガスの排出、食欲増進などの作用があるらしい。普段の化学成分と異なり、薬膳からのアプローチが新鮮だった。

麻野が生姜の皮の汚れた箇所を包丁で器用に削っている。

「スパイスは素晴らしい素材ですが、個性が強いのでまだまだ勉強中です。先日も子ども食堂のためにクッキーを何種類か焼いたのですが、スパイスの効いたものも入れたら明らかに不人気だったみたいです」

露は今も定期的に子ども食堂へ赴き、子どもたちの世話を手伝っているらしい。その際に麻野が手土産を持たせることもあるのだそうだ。

麻野が以前提供した鹿肉は物珍しさも含めて好評だった。だから麻野も良かれと思って、変わったクッキーを焼いたのだろう。

「やはり日本人はスパイスに不慣れなのでしょうか」

「最近は色々な国の料理が楽しめるようになっていますが、基本的に日本だとカレーのイメージで定着していますからね。甘い食べ物との組み合わせが驚かれたようです」

麻野は説明しながら肩を落とす。落ち込む姿は珍しかった。

「他にも漢方薬を連想した方も多いようです。薬みたいな味がするとか、おじいちゃんのにおいがするなどの理由で避けられたと露が教えてくれました。完全に真似み足でしたが、今後の参考にしたいと思います」

「応援してます」

理恵の励ましに、麻野が微笑みで応えた。

仕事の繁忙期は過ぎたため、理恵はゆったりとした気持ちで食事を進めた。客は徐々に帰っていったが、新規客が絶え間なく入ってくる。忙しそうにする麻野を気にしつつも、理恵は店を出るため椅子から立ち上がった。

そこで理恵のスマホが振動した。電車通勤のためマナーモードにしておいたのだ。ディスプレイを確認すると相手は省吾だった。

「少しだけ電話を失礼します」

朝八時の着信に驚きつつ、理恵は麻野に断りを入れる。会計を済ませていないけれど、一旦店の外に出てから緑色の受話器のアイコンを押した。

「もしもし」

「朝早くに申し訳ありません。赤羽鋼一さんが警察に逮捕されました」

省吾が早口でまくしたて、理恵は言葉を失う。スマホの向こうで省吾が事情を説明している。来店時より雲は厚くなっていた。予報にはなかったけれど、風に雨の匂いが混じっていた。

3

理恵と露、省吾の三人は翌日、再び児童相談所にやってきた。ホールにあるテーブルで待っていると、一人の女性が近づいてきた。先日、鋼一から怒鳴られていた職員だ。女性は児童福祉司の宮口珠代《みやぐちたまよ》と自己紹介してから省吾の隣に腰かけた。

省吾と珠代は以前からの顔見知りらしかった。

「宮口さんは子ども食堂にも協力してくれていて、夕月さんとも親しくされています。子どもたちのことを真剣に考える姿勢には、いつも勉強させてもらっています」

「私も省吾くんの子どもたちに接するときの明るさには助けられているわ」

珠代が控えめな笑みを浮かべる。立ち居振る舞いから穏やかな雰囲気が伝わってきた。省吾はまず珠代に逢子の事故について質問したが、珠代は新たな情報を一切持っていなかった。省吾は一呼吸置いてから口を開いた。

「赤羽さんが逮捕されましたね」

「……そうね」

珠代は目を閉じて黙り込んだ。

鋼一が逮捕されたのは一昨日の早朝の出来事で、明くる日の新聞で実名で報道された。鋼一は警察の取り調べに対し、容疑を全面的に否認している。

「逮捕までの経緯を、差《さ》し支《つか》えのない範囲で教えてもらえますか」

理恵は思い切って質問をぶつけた。鋼一とは一度しか会ったことがない。だから本当に虐待があったのか判断できる立場ではない。しかし息子を思う気持ちは本物に思えた。

なぜ鋼一と峻一は離ればなれになり、さらに逮捕にまで至ったのか、その過程を知りたかった。珠代は「言える範囲でよければ」と前置きした上で口を開いた。

「ご存じかもしれませんが、赤羽さんの容疑は乳幼児揺さぶられ症候群を引き起こしたとされる虐待行為によるものです」

乳幼児揺さぶられ症候群は、世間では揺さぶられっ子症候群として知られている。赤ちゃんは首の筋肉が未発達なため、激しい揺さぶりによって脳に衝撃を受けやすい。脳の損傷は重い障害に繋がり、場合によっては命に関わるという。

診断基準はいくつかある。急性硬膜下血腫と眼底出血、そして脳浮腫の三つの症状が確認されると、揺さぶられっ子症候群の可能性が高いとされているそうだ。そして峻一は全ての症状が当てはまる。

峻一は児童相談所の判断で、小児科の医師によるセカンドオピニオンを受けていた。そして症状は強い揺さぶりによるものだと診断が下った。その結果、峻一は保護されることになった。

「虐待の疑いがある以上、親と一緒にいさせるわけにはいきません。そのため我々は所長の権限で一時保護を実行しました」

一見すると優しそうな珠代だが、毅然《きぜん》と言い放つ姿からは子どもたちを守ろうとする強い意志が感じられた。鋼一相手にも同じ態度を貫いているのだろう。

「それに、乳幼児揺さぶられ症候群以外にも理由はあります。赤羽さんは心当たりはないと否定していたけれど、峻一くんの二の腕に火傷《やけど》の痕があったんです。ほんの小さな点くらいの大きさですが、病院に搬送された時点で、傷を負ってすぐと診断されています」

理恵は省吾や露たちと顔を見合わせる。一歳の子どもが自力で火傷を負うことは考えにくい。虐待の可能性を疑われても無理はないだろう。

話を終えた珠代が深く息を吐いた。肌が荒れていることに気づく。多忙で寝不足な人に見られがちな症状だ。

「一時保護の権限は絶大であり、親子分離を受けた親からの批判は後を絶ちません。しかし児童相談所は数多くの虐待を見過ごし、取り返しのつかない悲劇を招いてきました。最悪な事態を回避するために必要な措置だと私は考えています」

虐待が引き起こした悲しい結末を、理恵は過去にも何度も報道で見聞きした。最も責めるべきは悪意を持った親だが、同時に児童相談所の落ち度も検証されることになる。

全ての事案を的確に見抜くことなど不可能だ。最悪な事態を避けるため、わずかでも可能性があれば親子分離を断行する。虐待のない親子でもやむなく引き離される状況は、必然的に発生してしまうのかもしれない。

珠代に礼を述べ、理恵たちは児童相談所を後にする。

「これから鋼一さんの自宅に向かいます。国選弁護人経由で鋼一さんから僕に着替えなどを持ってきてほしいとの伝言があり、自宅の鍵を渡されたんです。身寄りがないため、他に頼れる人がいなかったのだと思います」

省吾がバッグから鍵を取り出した。ついでに家の片付けもするらしいので、理恵と露も手伝うことにした。

鋼一の自宅に到着する。住人を失った平屋は、どこか寂しげに見えた。省吾が鍵で玄関を開ける。

「今日はちゃんと閉まっていましたね。鍵の閉め忘れが多いせいで奥さんに叱られていたと、前に鋼一さんが懐かしそうに話していたんです」

理恵と露も省吾に続いて家に上がる。玄関から続く廊下はひんやりとしていた。たった二日間誰もいなかっただけで空気が淀《よど》んでいる気がした。省吾が迷いなく左手側にある戸を開ける。その先にあるのは仏間だった。

紐《ひも》を引き、明かりを点ける。ベビーベッドが置いてあり、箪笥《たんす》の角に保護用のゴムがつけられていた。子どもが当たって痛い思いをしないための配慮と思われた。

仏壇に写真が飾ってある。柔らかな笑顔の女性は、亡くなった鋼一の妻なのだろう。線香差しに紫色の線香が数本だけあった。

露は省吾の指示を受け、冷蔵庫に入っていた生ものを整理することになった。傷んだものは捨て、食べられそうであればフリーザーバッグに詰めて冷凍庫に入れ直すのだ。省吾はメモを取り出し、用意していたバッグに衣類などを詰めていった。留置場に入っている鋼一の着替えや入院中の峻一の衣類などだ。しかし畳み方が明らかに雑だった。理恵が手伝いを申し出てきちんと畳んでバッグに詰める。作業を理恵に任せ、省吾はメモ片手に仏間を出て行った。

手際よく整理を終えたらしく、露が仏間に戻ってくる。

「省吾さん、他にお手伝いすることはありますか」

理恵が返事をしようとすると、縁側に通じるガラス戸が叩かれた。ガラス戸の向こうで道夢が手を振っている。理恵がクレセント錠を上げると、道夢が戸を開けた。

「この前、鋼一おじさんと一緒にいた人ですよね。何をしてるんですか？」

ガラス戸の先に生け垣があり、隙間から隣家の窓が見えた。

「赤羽さんがしばらくいない間、水野さんがお部屋のお留守番を頼まれたの。私はそれのお手伝い。水野さんを呼んでくる？」

「大丈夫です。それより鋼一おじさんが逮捕されたとニュースで見ました。鋼一おじさんは刑務所に入れられちゃうんですか？」

道夢が不安そうに訊《き》いてくる。理恵は縁側に腰を下ろした。どこかから一匹の白猫が庭に入り込んできた。尻尾《しっぽ》が短く、体毛は雨露で汚れている。露は部屋の隅でじっと立っている。

「これからお巡《まわ》りさんが調べて、裁判をやった上で刑務所に入るか決まるの。赤羽さんが本当に峻一くんをいじめたか、まだ決まったわけじゃない」

起訴や裁判などの話は難しいと思い、理恵は嚙み砕いて伝えた。猫は丸くなりながら、警戒するように理恵たちの様子をうかがっている。道夢が顔を歪め、ズボンを握りしめた。

「鋼一おじさんは絶対に峻くんをいじめていません」

「何か知っているの?」

道夢の断定口調は、確信があるように思えた。

「おじさんは峻くんを、本当に可愛がっていたから」

道夢はそれだけ告げると、垣根の隙間を抜けていった。白猫が勢いよく走って姿を消した。

多くの人が鋼一の無実を信じている。しかし揺さぶられっ子症候群とする医師の診断や、火傷の痕などは動かせない証拠なのだろう。理恵がガラス戸を閉めると、露が声をかけてきた。

「理恵さんに相談があります」

露が畳の上を歩くと、軋《きし》むような音が鳴った。仏壇では鋼一の妻の遺影が穏やかな笑みを浮かべている。見えないけれど、どこかから猫の鳴き声が聞こえた。

土曜日のスープ屋しずくのランチタイムは普段より空気が緩やかだ。理恵が入り口のドアを開けると、ホールにいた慎哉と目が合った。

「いらっしゃい、理恵さん」

慎哉が大げさに両腕を広げる。店内の客はまばらで、ほとんどが食事を終えている。ラストオーダーはもうすぐになる。

今の職場に変わって以来、スープ屋しずくでのランチはひさしぶりだった。会社を移籍したことに後悔はない。だけどランチにスープを食べられないのは寂しかった。

理恵はカウンター席に座り、定番のメニューであるコーンポタージュを注文する。スープ屋しずくのランチは単品のスープに、サラダやドリンク、パンやデザートなど多彩なセットを組み合わせることができる。理恵は価格は高くなるが全てのサイドメニューがつくSセットをお願いした。

「少々お待ちください。今日のコーンポタージュは絶品だよ！」

慎哉がウインクをしてから厨房に消え、すぐにトレイを手に戻ってくる。そしてカウンターテーブルに料理を載せていく。

「どうぞ、召し上がれ」

「ありがとうございます。では早速いただきます」

コーンポタージュは白色の丸みのある陶器になみなみとよそわれ、表面にクルトンやパセリがあしらわれている。理恵は木製のスプーンで口に運ぶ。思いの外さらっとした口当たりのポタージュは、真っ先にとうもろこしの自然な甘みが口いっぱいに広がった。甘みの濃さが普段口にするとうもろこしと段違いだ。

実の粒もたっぷり入っていて、かじると瑞々しいエキスがぷちんと弾ける。クルトンのさくっとした食感が心地よいアクセントになっていた。

スープ屋しずくのコーンポタージュは定番の人気メニューだが、仕入れや季節によって味が変わる。旬の走りである初夏は、バターや生クリームなどの乳脂肪分を最低限に抑えていることもあって、とうもろこしのさわやかさを存分に生かした味が楽しめる。

次にサラダを口に運ぶ。今日は水菜をメインにしたしゃきしゃきした歯ごたえで、酸味の効いたドレッシングが後を引く味わいだ。こんがりと焼かれたパンは全粒粉を使っているらしく、胚芽《はいが》などの味が複雑さを与えていた。

Sセットには日替わりの小鉢もついてくる。本日はナスやズッキーニ、パプリカなどの夏野菜をトマトで煮込んだラタトゥイユだ。夏のはじまりを予感させる野菜たちは、噛みしめるたびに滋味が伝わる繊細な味わいだった。

ランチをのんびり堪能している間に、客は全員帰っていった。閉店時間も迫っている。麻野が厨房から出てきて二言三言交わすと、慎哉は奥に引っ込んだ。朝の時間と同じようにカウンターを挟んで向かい合う。

麻野が出入り口のドアまで歩く。ドアを開いてから、ＯＰＥＮのプレートをＣＬＯＳＥにひっくり返した。

理恵はスプーンを置き、戻ってきた麻野に頭を下げる。

「お時間をいただいて申し訳ありません」

「いえ、事情は昨晩、露から聞きましたから」

そこでカウンター奥の戸が開き、露が姿を現した。事前に打ち合わせして、一緒に麻野に話をする予定だった。きっと少し前から様子をうかがっていたのだろう。露が回り込んできて理恵の隣に座る。それから理恵は頭を下げた。

「夕月逢子さんについて勝手に調べていたことは、本当に申し訳なく思っています」

露は鋼一の家で、麻野に全てを話すことを理恵に提案した。そうなると、理恵が麻野に隠れて逢子の調査をしていたことが明るみになる。露はそれを気にしていたようだが、理恵は解決を優先して打ち明けることに賛成した。

理恵の謝罪に対して、麻野が首を横に振った。

「露が無理やり頼んだと聞いています。止めても聞かなかったと判断して、露を監視するために同行してくれたのでしょう。こちらこそ、ご迷惑をおかけしたかと思います」

そこで露が訴えかけるように言った。

「勝手なお願いだとわかってる。でもお父さんに聞いてほしいことがあるんだ」

麻野に打ち明けた目的は、鋼一の件を相談するためだった。理恵や露には真相を見抜くことは難しいけれど、麻野なら見逃していたものにもきっと気づくはずだ。

露は逢子と交流のあった鋼一という男性に会ったことや、一人息子と離ればなれになったことなど見聞きしたことを麻野に伝えた。

露が話し終えた後、麻野が口を開いた。

「どうして露は、赤羽鋼一さんを助けようと思ったんだい。警察が動いているのであれば、そちらに任せるべきだと思う」

麻野の主張は正しい。露は顔を強張らせて俯《うつむ》く。それから気持ちの正体を探るように、言葉を句切りながら喋りはじめた。

「私自身、赤羽さんに会ってお話しして、虐待なんてしていないって印象を抱いたの。逮捕されて驚いたし、峻一くんと会えなくなるのはすごく悲しいことだと思ったんだ」

露の声はどこか弱々しく、上滑りしているように感じられた。すると露が唇を小さく噛んだ。

「……ううん、少し違う。まだ調べたばかりだけど、おばあちゃんの噂を色々聞いたの。それはイメージと全然違っていた。そして赤羽さんはおばあちゃんの目が覚めたら、親子で一緒にお見舞いに行きたいと言っていた」

露の言葉遣いは明瞭で、自信に満ちていた。

「私はそれを叶《かな》えてあげたいって思ったんだ」

麻野が眉間に皺を寄せて黙り込んだ。ランチの閉店時刻はすでに過ぎている。緊張した雰囲気を察したのか、慎哉はホールに姿を現さない。

沈黙を破るために理恵は口を開いた。

「揺さぶられっ子症候群について調べたのですが、気になる情報を目にしたんです」

ネットや書籍など、できる範囲で資料に目を通した。虐待行為を非難する声も多かったが、同時に親子が引き離されることに苦しむ関係者の声もたくさん見受けられた。そして理恵は見逃せない意見を発見した。

「以前は強く揺さぶられないと、症状は起こらないとされていました。しかし最新の研究では、たとえばつかまり立ちから後ろに倒れて畳に頭を打ち付けるくらいの小さな衝撃でも、同じ状態になる可能性があると報告されているのです」

峻一は強い揺さぶりによって脳内出血などが発生し、揺さぶられっ子症候群と診断されたことで鋼一から引き離された。しかしその前提が崩れることになるのだ。

ただし現在でも医学界では論争があり、揺さぶられっ子症候群の存在を支持する意見も存在する。逮捕の根拠となる診断を下した医師も、小さな衝撃では発生しないと考えているのだろう。

「事情はわかりました」

普段の麻野の微笑みはなりを潜め、真剣な表情に変わっていた。

「理恵さんが知っていることも、なるべく詳しく教えてください。力になれるかわかりませんが、感じたことをお伝えします」

理恵は露と顔を見合わせる。麻野は協力してくれるらしい。大筋は露が説明していたが、理恵も知っていることを話した。その間も麻野の表情は硬いままだ。

説明を終えると、麻野が小さく息を吐いた。

「いくつか気になる箇所がありました。ですが現状では何とも言えません。明日の日曜にお時間をいただけますか。現地を訪ねて確認をします。水野さんに連絡をして、赤羽さんのご自宅も拝見できれば助かります」

麻野はこれまで悩みの相談を受けた段階で、多くの問題を解決してきた。だが今回は情報が足らないのか、珍しいことに実際に足を運ぶつもりらしい。麻野が厨房に姿を消すと、入れ替わりで慎哉がホールにやってきた。露は足早に二階の自宅に戻っていく。すでに閉店時間を大幅に過ぎている。慎哉は長話に何も触れず、理恵は会計を済ませた。

4

麻野が行き先としてまず選んだのは、児童相談所近くのカフェリンクだった。理恵と麻野、露の三人で最寄りの駅に降り立つ。日曜の駅前は家族連れが多く見受けられた。

日曜も営業中なのは事前に調べてあった。カフェは満員に近く、偶然空いていた四人席に何とか座ることができた。

麻野は以前、理恵たちが注文したカレーを頼んだ。理恵も同じものを選び、露はタイ風グリーンカレーを注文した。

熊のような風貌の男性がカレーを運んできてくれる。カレーの味はやはり濃密な香りが印象深い。以前は気づかなかったが、注意深く味わうと正体がわかった。カレーを口にした麻野が納得するようにうなずいた。

「クローブを強烈に効かせていますね。甘い香りがビーフブイヨンと相まって、贅《ぜい》沢《たく》な味に仕上がっています」

「そうですね。私も今さら気づきました」

偶然だがここ最近、サングリアや新ジャガ芋の薬膳スパイシースープなど、クローブを使った料理を何度も味わっている。だからカレーを食べた際に覚えがある気がしたのだ。露はグリーンカレーを満足そうに口に運んでいた。

食事を終えた三人は、次に鋼一の自宅を目指した。十分ほど歩くと、敷地の前で省吾が待っていた。あらかじめ落ち合う約束を交わしていたのだ。

省吾が預かっている鍵を使って玄関から家に入る。住人のいない家は、数日で廊下にほこりが積もっていた。省吾は換気のために家中の窓を開けるといい、案内を理恵に任せた。

麻野たちは仏間に足を踏み入れた。日陰にあるせいか外より気温が低い気がする。

理恵が換気のためガラス戸を開けると、麻野は部屋中を観察しはじめた。仏壇からちゃぶ台、壁にも顔を近づけて丹念に調べている。何かを探しているのだろうか。しばらく見守っていると、麻野が畳の上を這《は》いつくばりはじめた。

「ありました」

麻野は仏壇近くで四つん這いになりながら声を上げた。しゃがみ込んで視線の先に注目すると自然と麻野と顔が近づき、思わず緊張してしまう。

「ここに焦げた跡がかすかに残っています」

「本当だ。でもすごく小さいね」

露が感心するような声を上げる。たしかに焦げはとても小さく、目をこらしても黒い点のようにしか見えない。麻野はスマホで写真を撮影してから立ち上がり、仏壇についた引き出しを開けた。そして線香の箱を取り出した。

「線香は空か。替えはあるのかな」

麻野が独り言をつぶやきながら、仏間の収納を探しはじめる。他人の家なのに遠慮がない。麻野が直接調べる姿を見るのは初めてだが、意外と大胆だと思った。

「あった」

天袋を開けた麻野が線香の箱を引っ張り出した。天袋とは、天井に接した場所にある戸棚のことだ。長身の麻野や家主の鋼一なら背伸びで手が届くだろうが、理恵や露が出し入れをしようとすると台がなければ難しい高さだった。

麻野が線香の箱を開けると、人工的な香りが漂ってきた。それから麻野は仏壇の線香差しにあった線香を一本つまんで、新品の線香の束と並べた。

「色が異なりますね」

理恵は違いに気づく。天袋から取り出した線香は鮮やかな紫色だ。しかし仏壇にあった線香は紫色ではあるが色味が柔らかく、さらに全体が茶色がかっていた。

麻野が二種類の線香を鼻に近づけ、順に匂いを嗅いだ。それから仏壇にあったライターで、淡い色の線香に火をつける。一本の煙が揺れながら立ち上る。漂う香りが理恵の記憶を刺激する。麻野は線香を仏壇に立ててから手を合わせ、それから露に顔を向けた。

「露に質問があるんだ。露が子ども食堂に行くときにお菓子を持たせたよね。そのとき、スパイスの効いたクッキーを入れたのを覚えているかな」

話を振られた露がうなずく。

「うん。癖が強いせいで全然人気がなかった」

「そのとき露は、不評の理由を集めてきてくれたよね。とても感謝してる。あのとき、おじいちゃんの家みたいだからと話していた子がいたそうだね。もしかしてあれは、道夢くんだったんじゃないかな」

露は口元に手を当て、思案顔になる。その仕草や表情は、麻野が考え事をする姿にそっくりだ。露が顔を上げてうなずく。

「そうだよ。それを言ったのは道夢くんだった」

「やっぱり」

露の返事が予想通りだったのか、麻野が目を伏せた。そこに換気を済ませた省吾が仏間にやってきた。麻野が省吾に鋭い視線を向ける。

「水野さん、隣の家の道夢くんを呼んできてもらえますか。保護者の方が一緒であればありがたいです。それともう一つ頼みがあります」

麻野の頼みに首を傾げつつも了承し、省吾は玄関を出て行った。

数分で省吾が戻ってくる。しかし保護者であるはずの祖父はいなかった。

「おじいさんは仕事の関係で、いつ戻るかわからないそうです」

省吾の後ろで道夢が不安そうな表情を浮かべている。そして麻野は省吾から一つの箱を受け取った。容《い》れ物から中身を取り出すと、くすんだ紫色の線香が入っていた。

「おじいさんは不在でしたか」

麻野が顔を歪める。そこで理恵は、道夢がすがるような目を麻野に向けていることに気づく。

麻野が道夢の怯《おび》えた表情に気づき、悲しそうな眼差しをした。それから麻野が膝をつき、道夢と視線の高さを合わせた。

「こんにちは。僕は麻野暁というんだ。そこにいる露の父親で、前に子ども食堂で料理を出したことがあるんだ。鹿肉のミートボールは覚えているかな」

「……うん。すごく美味しかった」

「それはよかった」

道夢が表情を和らげると、麻野も微笑みを浮かべた。それから穏やかな声で語りかける。

「僕は今、赤羽鋼一さんの件を調べているんだ。その上で君を助けたいと思ってる」

「ぼくを、助ける?」

顔を強張らせる道夢に、麻野が大きくうなずいた。

「僕には君が、助けを求めているように思えてならない。本当のことを黙り続けることは苦しいよね。だから今ここで、道夢くんを苦しさから救いたいんだ」

「別に何も、そんな」

麻野が肩に手を添えると、道夢が全身を硬くさせた。

「このままじゃ赤羽さんは、峻一くんとずっと会えなくなるかもしれない。道夢くんはそれがよくないことだと、誰よりも知っているよね」

麻野が肩を握る手に力を込める。すると道夢の全身が震えはじめ、それから両目から涙が溢れ出す。

次から次へとこぼれる涙と一緒に、道夢が絞り出すように言った。

「……ごめんなさい。峻くんに怪我させたのはぼくです」

道夢が嗚咽《おえつ》を漏らす。それは子どもらしく泣き叫ぶものではなく、喉の奥で押し殺すものだった。麻野が道夢を抱き寄せ、耳元にささやきかけた。

「よく言えたね。道夢くんはがんばった。だから君は、悪い子なんかじゃないよ」

麻野のシャツの肩が涙で濡《ぬ》れていく。なぜ真相に至ったのか見当もつかない。省吾は困惑した顔になり、露は何か言いたげな表情で道夢を見つめている。理恵は、道夢を抱きしめる麻野をじっと見守り続けた。


朝から小雨《こさめ》が降っていた。六月に入った途端に曇りがちになった。天気予報ではもうじき梅雨入り宣言があるという。理恵は早朝のスープ屋しずくの前で傘の雨粒を払い、店舗脇にある傘立てに差してから店に入った。

「おはようございます、いらっしゃいませ」

「理恵さん、おはようございます」

今日は麻野だけでなく露も出迎えてくれた。理恵はカウンター席に座る。麻野とゆっくり喋るために今日は開店直後の一番乗りだ。

道夢が自白をしたすぐ後に、道夢の祖父と連絡がついた。省吾と麻野は、道夢と一緒に祖父の元に赴いた。そのため理恵と露は詳しい説明を受けないまま帰途に就いた。今日は麻野から、何が起きたのか聞くことになっていた。

「本日のスープはインド風野菜スープです」

「インド料理は珍しいですね。辛さはどれくらいですか？」

「南インドの家庭料理であるサンバルをアレンジして作りました。辛みは一般的なカレールーの中辛程度に抑えています。現地ではお味噌汁のように馴染みのある料理のようですね」

「それは楽しみです。お願いします」

理恵がドリンクとパンを用意するため席を立つと、露も一緒についてきた。先に

席に座っていたが、露の前に料理は置かれていなかった。理恵が到着するまで待っ
てくれていたらしい。

「今日のスープも楽しみだね」

露の言うとおり、パンもインド料理に合わせたみたいですよ」

露の言うとおり、パン置き場に薄い生地のクレープのようなものが置いてあった。インド料理屋で見かけるナンより薄く、表面に焦げ目がついていた。

「チャパティといって、インドではナンよりよく食べられてるみたいです」

「せっかくだからいただこうかな」

理恵はそう言うと、露が一緒の皿に二人分のチャパティを用意してくれた。洗い物の手間も省ける父親思いの行動である。

席に戻ると、麻野がスープを置いてくれた。器は厚みがあり、土そのものを思わせる色をしていた。ぽってりとした丸みを帯びたフォルムが壺《つぼ》を思わせ、そのなかに白い濁りのあるオレンジ色のスープがたっぷりよそわれている。清々《すがすが》しい香りが朝にぴったりだ。

金属製のシンプルなスプーンで、さらりとしたスープをすくって口に運ぶ。インド料理だからスパイシーな味かと思ったが、とても上品な口当たりだった。

トマトを中心に、豆のコクや野菜の旨みが優しく舌に広がる。スパイスの香りが複雑に絡み合い、味に奥行きを生み出している。さらに主張しすぎない酸味のおかげで味が締まっていた。心身共にしゃきっとする味わいを楽しんでいた理恵はふと気づいた。

「これってもしかして肉類を使っていないのですか？」

「ご名答です。ベジタリアン向けのレシピを使い、野菜や穀類のみで作りました」

隣で露が驚いた顔をしている。

「お肉が入っていないなんて全然気づかなかった。全然物足りなくない」

「トゥールダルという豆や旬の野菜から充分に味が出るからね。それに加えてタマリンドの酸味やスパイスによって満足感が得られるんだ」

理恵はブラックボードに目を向ける。トゥールダルはキマメという豆のことで、タンパク質やビタミン、ミネラルをバランス良く含むという。さらにアレルギー緩和が期待できるメチオニンや、集中力を高めるリジンなどのアミノ酸を摂取できるというのだ。さらに酸味のもとであるタマリンドには、疲労回復効果があるとされるクエン酸が含まれているらしかった。

理恵はチャパティをちぎって口に入れる。もちっとした食感の生地の小麦の甘みが直接舌を喜ばせてくれる。ふわっとしたナンとは違った素朴な味だ。シンプルさが、優しいサンバルを邪魔せず引き立てていた。

身体の欲するままにスプーンを動かしていると、いつの間にか半分以上食べていた。そこで麻野がバジルの葉を選別しながら口を開いた。

「先日お話しそびれた件を説明しますね」

「はい、お願いします」

料理に没頭していたせいで、いつもより早起きした目的を忘れていた。椅子に座り直すと、隣で露も背筋を伸ばす。露もまだ詳しいことを聞いていないらしい。

「最初にお話を聞いて気になったのが、赤羽さんの仏間で嗅いだ匂いでした。峻一くんが倒れた直後に感じた情報から調べるのが、最も核心に近づける方法だと考えたのです。調査に関しては発生時刻により近い情報のほうが信憑性《しんぴょうせい》が高いですから」

「それでカレーを食べに行ったのですね」

麻野がうなずく。鋼一はカフェリンクのカレーを食べている最中に、峻一が倒れていた現場で嗅いだ匂いと似ている気がすると発言した。だから麻野は実際に自分の鼻で確かめることにしたのだろう。

「その結果、カレーにはクローブがふんだんに使われていることが判明しました。

その情報を得た僕は、峻一くんの身体に見つかった火傷の痕のことが頭に浮かびました」

「どうして？」

露が首を傾げると、麻野が微笑で返した。

「理由はもう少しだけ待ってもらえるかな。ところで峻一くんの火傷はとても小さいものと聞いています。そんな火傷を負う原因は限られます。仏壇にあるものであれば、線香が最も可能性が高いでしょう」

露がうなずいている。線香での火傷なら点のように小さいはずだ。

「僕は赤羽さんのお宅にお邪魔して、証拠となる痕跡を仏間で探しました。すると畳に線香と思われる極めて小さな焦げ跡がありました。そのため僕は峻一くんの怪我の原因を線香だと仮定することにしました」

麻野はたくさんのバジルをプラスチック容器に詰め、続いてローズマリーの選別をはじめた。

「仏壇の線香差しに数本の線香がありましたが、替えの線香を調べたら箱は空でした。そこでストックを探したところ、高い位置にある天袋から発見しました」

「仏壇にあった線香と違う色でしたね」

「その通りです。実は線香には色々な種類があります。白檀《びゃくだん》を使ったものがメジャーですが、最近は花やハーブ、もしくは故人が好きだったものを再現した香料を練り込んだ変わり種も人気のようです」

麻野はローズマリーの枯れた葉をむしっていた。

「赤羽さんのお宅では、人工香料を練り込んだ製品を使っているようでした。一方で仏壇の線香は丁字を主体にしたものだったのです」

「丁字ってクローブのことですよね」

ようやく最初のカレーと繋がる情報が出てきた。

「おっしゃるとおり丁字は丁香ともいい、クローブの別名です。倒れた峻一くんが発見された直前まで、仏壇では丁字の線香が焚《た》かれていた。そのため赤羽さんはカフェのカレーの匂いに似ていると感じたのです」

峻一の火傷の原因は丁字の線香だったことになる。そこで露が授業中に質問するみたいに手を挙げた。

「どうして鋼一さんはいつもと違う線香が、仏壇にあることに気づかなかったのかな。火をつければ匂いですぐにわかると思うんだ」

「峻一くんと離ればなれになって以降、赤羽さんは奥さんに顔向けできないと話していたようですね。つまり仏壇の遺影の前に立てなかったのです。そのため線香を焚く機会がなく、色味も似ているため別の線香だとわからなかったのでしょう」

「問題は誰が線香を持ってきたかですが、それが道夢くんだったのですね」

理恵の言葉に麻野がうなずいた。

「道夢くんは隣の家に住んでいて、赤羽さんは鍵のかけ忘れが多いと聞いています。つまり当日、縁側から自由に出入りできたとしても不思議ではありません」

麻野はハーブの入った容器を取り出し、見繕ってから麻縄で縛りはじめた。スープ用のブーケガルニのようだ。麻野は紐をきつく結びながら、小さく息を吐いた。

「これ以降は道夢くんの証言を交えて、当日何があったか順に説明します」

そう前置きしてから、麻野は口を開いた。

道夢はあの日、祖父に頼まれた差し入れを渡すために赤羽家を訪れた。普段から生け垣をすり抜けて、縁側越しに声をかけることが多かったという。

道夢が縁側から仏間を覗き込むと、一人取り残された峻一を発見した。鍵が開いていたため世話をしようと善意で上がり込んだ。

あやしていると、峻一が突然手を伸ばしたという。その先には仏壇があった。

「道夢くんは、峻一くんが亡くなったお母さんを求めていると感じたそうです。そして峻一くんを遺影に近づけ、線香を上げさせようと考えたのです」

道夢は線香を探したが、仏壇の線香差しには一本もなかった。引き出しの箱も空で、ストックの置き場所は見つからない。天袋に届かなかったのだ。道夢は急いで自宅に戻って線香を数本持ってきた。距離から考えて往復で三分もかからない。

「僕は水野さんに頼んで、道夢くんの家の線香を持ってきてもらいました。すると予想通り丁字を使ったものでした。自宅で頻繁に焚いていたせいで、道夢くんはクローブの香りのするクッキーを敬遠したのでしょう」

素晴らしい香りでも、習慣によって嫌だと感じることは珍しくない。理恵も金木犀《きんもくせい》の香りを芳香剤だと感じてしまう。

道夢は線香差しに入れてから、一本を取ってライターで火をつけた。道夢は火のついた線香を峻一に持たせた。

小さな身体を持ち上げ線香立てに線香を差すように指示するけれど、峻一は状況がわからず身をくねらせた。その途端、手から離れた線香はまず峻一の腕に火傷を作った。続けて畳に落下し、畳に焦げ跡を残すことになる。

「驚いた道夢くんは、峻一くんを支える腕から力を抜いてしまいます。その結果、落下した峻一くんの後頭部が強く畳に打ちつけられたのです」

ある脳外科医の見解では、強度の揺さぶりがなくても揺さぶられっ子症候群と同じ結果が起きるとされている。不運なことに峻一にも同様の事態が発生してしまったのだ。

突然の出来事に道夢は焦った。火事を恐れて畳から線香を拾い上げる。峻一は泣き出し、火傷まで負っている。混乱した道夢は仏間から逃げ出したのだった。

あの日、何が起きたのか全てわかった。鋼一の主張した通り、虐待は存在していなかったのだ。すると露が厳しい口調で言った。

「信じられない。どうして道夢くんは逃げたんだろう。すぐに救急車を呼んだほうがいいし、鋼一さんが疑われているときだって黙っていたなんてあまりに酷《ひど》い」

露がスプーンの柄を強く握る。いけないことではあるけれど、小学生なら恐怖で逃げる気持ちも理解できた。すると麻野が悲しそうに顔を伏せた。

「峻一くんの入院を知り、道夢くんは真実を話すべきだと悩んだようです。赤羽さんの逮捕でも心が揺らいだようですが、決意を固めることができませんでした。それは道夢くんの母親からの言葉が原因でした」

「お母さんからの……？」

怒りに燃えていた露の瞳に動揺が浮かぶ。道夢は現在、祖父と二人で暮らしている。それは母親が再婚するために、道夢を実家に預けたからだ。

「道夢くんは母親から、いい子にしていれば迎えに来ると言われていました。だからこそ悪事を誰にも知られるわけにいかなかったのです」

露がこれ以上無理なくらい目を大きく広げた。道夢の真面目な振る舞いが頭に浮かび、理恵は胸が苦しくなる。

正直に話すのが正しいとわかっていたはずだ。だけど自分のしたことが露見したら、母親から悪い子だと思われてしまう。そうなれば迎えに来てもらえなくなる。母親の言葉に縛られ、道夢は罪を誰にも言えなくなってしまったのだ。

子どもにとって親の存在は絶対に近い。だからこそ大人には些細《ささい》なことだと思えることでも真剣に受け止めてしまう。峻一を放置したことの責任は重いけれど、理恵は道夢に対して真っ先に哀《かな》しいという気持ちを抱いた。怒りの行き場を失ったのか、露はスプーンを静かにテーブルに置いた。

仏間を出た後、麻野と省吾は道夢を連れて祖父に会ったという。そこで道夢は全てを打ち明け、祖父と一緒に警察に赴いたそうだ。

そして昨日、鋼一の釈放が決まった。児童相談所の珠代の話によれば、峻一はすぐ鋼一の元に帰される予定らしい。

不慮の事故だったものの、道夢は警察に補導されることになった。今後は児童相談所の指導の下、祖父と共に指導や心のケアが施されると聞いている。

鋼一も全てを打ち明けた道夢を許したという。赤羽鋼一の氏名は虐待の容疑で逮捕された親として報道された。誤認逮捕とはいえ、レッテルは鋼一の人生に暗い影響を及ぼすはずだ。それなのに許したことは寛大だと思う。鋼一と道夢が良好な関係を続けられればいいと願った。

麻野がブーケガルニを作る手を止める。それから露に向き直った。

「露に話があるんだ」

深刻な雰囲気に、露の顔に緊張が走った。理恵も見守りながら、麻野の真っ直ぐな視線に不安な気持ちになる。麻野が小さく息を吸った。

「昨日、水野さんから母が目を覚ましたと連絡があった。意識ははっきりしていて、会話もできるそうだ。検査の結果、脳波にも問題はないらしい」

露が全身を強張らせる。露は祖母に会いたいと願っていた。だが実際に目覚め、会って話せる状況が目の前に訪れたことで怖《お》じ気《け》づいたのかもしれない。麻野は露のそんな反応に配慮したのか、優しい声音で告げた。

「お見舞いに行こうと思う。でもまずは僕一人だけで会ってくるよ」

露は何か言おうと口を開きかけたけれど、すぐに呑み込んでから躊躇いがちにうなずいた。

「うん、わかったよ」

露は祖母に会うことを願っている。麻野はその気持ちを汲《く》んだのだろう。そして麻野だけで話をした上で、露に会わせても大丈夫か判断するつもりなのだと思った。

理恵は父と娘のやり取りを無言で見守る。麻野にとって逢子に会うことは辛いはずだ。力になりたいと願うけれど、理恵には何もできない。空になったスープ皿に視線を落としながら、部外者である自分を歯がゆく思った。

第三話
夕焼けに消えた泥棒の謎

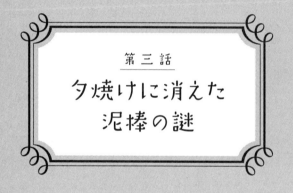

1

早朝の電車のなか、発車ベルの音で理恵は目が覚めた。慌てて車内のディスプレイを確認すると、降りる予定のひとつ手前の駅名が表示されていた。

安堵した直後にドアが閉まる。ここ最近、終電帰りが続いていた。会社が変わっても業務は変わらず、締め切り間際になると仕事が詰まってくる。

そういう時期にこそスープ屋しずくでホッとしたいけれど、早起きするのさえ億劫《おっくう》になってしまう。

しかしようやく目処《めど》がつき、今日はひさしぶりに麻野の料理を味わうつもりだ。メイクもいつもより心持ち丁寧である。しかし疲れが溜まっていたのか、電車のシートで眠ってしまった。早起きをすると座れるのもメリットだが、寝過ごしてしまうのが心配だった。

目的の駅で無事に降りて地上に出ると、小雨が降っていた。梅雨入り宣言が出て以来、厚い雲が空を連日覆っている。理恵は傘を差してからビルの合間を歩きはじめた。

逢子への見舞いは、うまくいかなかったと聞いている。

麻野は病院へ赴き、逢子に会おうとした。しかし同行した省吾が先に逢子の病室に入ったところ、面会を拒否されたという。省吾によると逢子は『合わせる顔がない』と告げたらしい。麻野はそれ以上何もできず、病院から帰るしかなかった。

省吾は目覚めた逢子に、なぜ河川敷で倒れたか質問していた。答えは散歩した際に足を滑らせたというものだった。しかしただの不注意という説明を、省吾は信じていない様子だった。

薄暗い空の下、スープ屋しずくの店先の明かりが柔らかく灯っていた。店内に入ると、今日もブイヨンの香りが鼻をくすぐった。

「おはようございます、いらっしゃいませ」

「おはようございます」

麻野のゆったりとした声が出迎えてくれる。今日はカウンター席に先客がいた。その姿に見覚えがあった。

「おひさしぶりです。児童相談所の方ですよね」

「あら、前に省吾くんと一緒にお会いしましたね」

児童相談所の職員である宮口珠代が食事をしている。鋼一の案件を担当し、窓口で怒鳴られていた四十歳くらいの女性だ。穏やかな物腰ながら、子どもを守るためと語る態度に力強さが感じられたのを覚えている。

珠代はシンプルなブラウスに動きやすそうなパンツスーツという服装で、黒色の髪を後ろでひとつにまとめた活動的な格好だ。理恵は席をひとつ空けた椅子に腰かける。麻野がカウンター越しに声をかけてきた。

「本日のスープは、茄子《なす》と海老の揚げ浸し風スープです」

「それは惹《ひ》かれますね」

茄子の揚げ浸しは和食の定番だ。それがスープになれば美味しいに違いない。何より六月に入り、夏野菜が美味しい季節になった。パンとドリンクを用意すると、麻野がタイミングよくスープを置いてくれた。

「お待たせしました」

淡い青色をした和風のお椀に、一口サイズに乱切りされた茄子が入り、たっぷりの透明なブイヨンがなみなみと注がれている。他の具材は海老とシシトウガラシで、細切りの生姜と刻んだあさつきがあしらってある。

見た目は和食の茄子の揚げ浸しの汁を増やしたものだ。しかし漂ってくる香りは鶏のブイヨンだった。理恵は大きめのレンゲを使い、茄子とスープを一緒にすくって口に運ぶ。

鶏のスープは普段よりあっさり仕上げてあり、優しい口当たりが和の出汁に近い。しかし揚げ油のコクのおかげで満足感がある。

茄子は素揚げによって表面に歯ごたえが生まれ、中身のとろりとした食感が引き立っている。噛みしめると吸い込んだスープと、茄子のエキスがじゅわっと溢れ出した。

「揚げたお茄子はやっぱり最高ですね」

「茄子は油と合わせて食べるのがベストですよね」

理恵がしみじみ言うと、麻野が笑みを浮かべて応えた。

次に海老をいただく。海老は甘みが強く、ぷりっとした食感が楽しめた。片栗粉《かたくりこ》をまとわせてから揚げてあるため、スープを吸った衣がとろっとした舌触りになっている。海老の香りと茄子の風味との相性が抜群だ。

続けてシシトウに取りかかる。同じく揚げた上でスープを染みこませてあって、ほろ苦さが良い塩梅《あんばい》だ。千切り生姜のしゃきしゃき感も心地よく、辛味が全体を引き締めてくれる。

ブラックボードには、茄子の効能について解説が書かれていた。皮の紫色の色素はナスニンといい、抗酸化作用によって動脈硬化の予防効果が期待されているという。また茄子はカリウムを含み、血圧を下げる働きがあるらしかった。

品の良いお味に浸っていると、珠代がほっと一息ついた。

「本当に美味しいです。息子はあまり野菜を食べたがらないのですが、こちらのスープならきっと喜ぶかと思います」

「ぜひご一緒にいらしてください」

麻野は笑顔で答えてから、仕込みのためかすぐに厨房へ引っ込んでいった。そこで理恵は、気になっていたことを珠代に訊ねることにした。

「どちらで朝営業のことをお知りになられたんですか」

質問を受けた珠代は厨房に視線を向け、それから遠慮がちに答えた。

「先日、麻野さんと病院でお会いしたんです。共通の知り合いのお見舞いのためだったのですが、省吾くんを通じてご挨拶したのです。その際に省吾くんから、こちらのお店の朝営業について聞いて興味を抱きました」

「夕月さんのお見舞いですよね」

「ええ、そうなの」

理恵も逢子のことを把握していると知り、珠代が相好《そうごう》を崩した。珠代は逢子と交流が深かったと聞いている。

「意識を取り戻して本当に良かったわ。時間がかかるようだけど、退院すればお仕事や福祉活動にも復帰できるそうよ。赤羽さんの件も解決したと知って、とても喜んでいたわ」

「そうなのですね」

珠代は海老を口に運び、よく噛んでから小さなため息をついた。

「夕月さんは色々な方に頼られているの。本当は児童相談所の仕事なのに、本当に申し訳なく思っているわ。陣川《じんかわ》さんの件だって……」

言いかけたところで、珠代は口元に手を当てて発言を中断する。おそらく個人の案件だから漏らすわけにはいかないのだろう。麻野が厨房から戻ってくる。

「ごめんなさいね。私はお会計を済ませようかしら」

スープ皿は空で、パンもなくなっている。珠代が立ち上がった直後、前触れもなくバランスを崩した。危うく転びかけたが、椅子に手を伸ばして難を逃れる。

「大丈夫ですか？」

麻野が心配そうに声をかけると、珠代が満面の笑みを浮かべる。

「普段より早起きしたせいか、ちょっと眩暈《めまい》がしたみたい。元気だけが取り柄ですし、こちらのスープをいただいたおかげで体力も満タンですよ」

珠代は明るく答え、支払いを済ませる。

「それでは失礼しますね」

珠代が店を出て行くと入れ替わるように新たな客が入ってきた。接客をする麻野の声を聞きながら、理恵は茄子を口に入れる。茄子をかじると、ほのかな渋みを含んだ独特の風味がじんわりと染み渡る。

陣川という名前に聞き覚えがあった。省吾が話していた逢子が抱える五つの問題のうちの一つが、陣川剛秋《たけあき》に関わるものだったはずだ。

省吾は現在も逢子の抱える問題について調べているという。主な目的は事故について調べるためだが、入院中の逢子を安心させるためでもあると話していた。

理恵も誘われているが、多忙のため付き合えないでいる。今は仕事を終わらせることが最優先事項だ。そんなふうに考えながら、まずは目の前の料理に向き合った。

その翌週、理恵は露から奇妙なメッセージを受け取る。送られてきた文章に、理恵は二度も驚かされることになる。まずは露の身に起きた奇妙な出来事について。

もう一つは児童相談所の宮口珠代が入院したという内容についてだった。

仕事が一段落した後の休日は、世界が軽やかに感じられる。これで晴天なら文句なしだが、あいにくの曇り空だった。線路を進む電車が等間隔にリズムを打つ。

「実は省吾さんと協力して調査を続けていたんです。それで私たちは、おばあちゃんにお見舞いをした宮口珠代さんに会いました」

露は何度か会うにつれ、省吾と二人で会うことに抵抗を抱かなくなったらしい。

理恵は電車に揺られながら、隣に座る露の話に耳を傾ける。

「私と省吾さんはこの前、子ども食堂を開催している喫茶店で宮口さんからお話を聞きました」

珠代は待ち合わせに二十分ほど遅れてきた。休みと聞いていたが、別件で緊急の呼び出しがあったという。休日の急な仕事は珍しくないそうだ。

逢子は現在病院にいるが、これまで相談に乗った相手について案じているという。一方で志真子と真凛の介護問題が解決したこと、鋼一の虐待容疑が晴れたことを我がことのように喜び、道夢の心のケアの心配をしていたそうだ。

そんな逢子が特に心配していることのひとつが、陣川剛秋についてだった。

いた。剛秋は現在四十五歳で、妻である史子《ふみこ》と小学四年生の娘の冬乃《ふゆの》と三人で暮らしていた。剛秋は何度か近所から児童相談所に、虐待の容疑で通報されていた。

児童相談所への通報で最も多いのが、子どもの泣き声に関するものらしい。

「通報の理由は、陣川さんの怒鳴り声と冬乃ちゃんの泣き声でした。何度も家庭訪問を受けているようですが、痣《あざ》や怪我がないため注意や助言だけで終わっているそうです」

妻の史子は身体が弱く、床に伏せることが多かった。そのため夫婦ともに家事育児に手が回らず、ストレスから怒鳴ってしまうと反省の色を見せていたそうだ。

「冬乃ちゃんのお母さんは体調不良で仕事を辞めざるを得なくなったらしく、現在は精神的にかなり参っているようです。それでお父さんに負担がかかって、さらに悪循環に陥っているみたいで」

逢子は陣川一家の近所に住んでいて、史子や剛秋と顔見知りだった。そのため史子の体調不良時に、冬乃を子ども食堂に誘うなどして気にかけていたらしかった。

「宮口さんから話を聞き終えた後、省吾さんが陣川さんの家に行くと言い出したんです。次回の子ども食堂の予定表を渡すためだと言っていました」

珠代も陣川一家を定期的に訪れて様子見をしつつ相談に乗っているらしく、珠代も一緒に行くことになった。

喫茶店から陣川宅までは徒歩で行ける距離だった。歩くにつれて住宅が減り、田畑が増えていったという。時刻は夕方になり、西の空から太陽の光が強く差し込んできたそうだ。

十分ほど歩くと省吾が一棟のアパートを指差した。二階建てで遠くからでも階段や柱に錆《さび》が目立ったという。

省吾が「一階の一番手前の部屋が陣川さんのお宅だよ」と言った直後、怒鳴り声がアパートから届いた。一階の一番手前の部屋のベランダから人影が飛び出してくる。目出し帽をかぶった、いかにも怪しい人物だった。

男はスマホのようなものをポケットにしまいながら、省吾たちがいる場所とは別の方角に逃げ出したという。

続いて長身の男性がアパートの玄関から姿を現した。ひょろりとした男性を見て、省吾が驚いた様子で「陣川さん？」と声を上げた。

陣川と呼ばれた男性が「待て泥棒！」と叫んだ直後、まずは珠代が駆け出した。続いて省吾が露に「先に帰って」と言い残してから走った。露は迷ったものの「仲間外れは嫌だから」という理由で一行を追いかけた。

先頭に謎の泥棒で次に剛秋、それから珠代と省吾が続き、最後に露という順番で住宅街を走る。泥棒が最も俊足だった。泥棒は何度も後ろを向いて様子をうかがい、露たちは見失わないようにするだけで精一杯だったという。

交差点を何度か曲がり、二百メートルほど走った地点で露たちは剛秋に追いついた。剛秋は朱塗りの鳥居の近くで息を切らせていた。

木々が日陰を生む先に神社が建っていた。周囲より気温が低いように露は感じたという。

省吾が「泥棒ですか」と訊ねると、剛秋は呼吸を整えながら「あっちに逃げた」と神社を指差した。一行は神社の敷地内に入る。一見すると境内に人影はなかった。社《やしろ》と向かい合って右手側に社務所があり、その日は閉まっていた。左手側は畑で、敷地の境界に柵はない。ビニールハウスが並び、一つだけ骨組みになっていた。

逃げるなら畑を抜けるか神社の裏しかない。省吾はまず、剛秋と珠代に畑を突っ切って追うよう指示を出した。それから省吾は露と一緒に神社の裏に回った。

「神社の裏に急いだのですが、誰もいなかったんです。建物の裏は木の柵があって、その先は林になっていました。柵は高くて越えられそうにありませんでした」

神社の出入り口は施錠されていて、床下の隙間にも誰もいなかった。社務所も確認したが鍵がかかっていた。

畑が逃走経路だと考えていると、剛秋と珠代が戻ってきた。そして畑にも誰も逃げていなかったことが判明した。

「ビニールハウスの間を抜けた先に、畑の持ち主がいたんです。その人はずっと作業をしていたのですが、誰も来なかったらしいのです」

持ち主は畑を抜けてきた人物がいれば必ず目に入る位置にいた。ビニールハウスは全て施錠されていて、入り込んで隠れるのは不可能だ。

畑の持ち主は七十歳くらいの老女で、不審人物と間違えることはない。優しい感じの人物で、露は老女が嘘をついているとは感じなかった。過去の出来事から露の人を見る目は信頼できるので、確定ではないが共犯の可能性は少ないと思われる。

省吾たちは神社で剛秋に状況を聞いた。

剛秋の妻の史子は現在、病院に検査入院していた。剛秋は見舞いのため仕事を早めに切り上げ、普段より一時間早く帰宅した。そこで自宅を荒らす人影を発見し、慌てて追いかけたという。

露たちが自宅アパートに戻って調べた結果、通帳や印鑑、現金などの貴重品を含めて盗まれたものはなかったらしい。

省吾は通報を勧めたが、面倒事を嫌う性格らしく剛秋は渋っていたようだ。

そこで省吾がふいに「神隠しみたいですね」と呟いた。その途端、陣川が落ち着かない様子になったという。

「後で省吾さんに聞いたら、陣川さんは心霊話が大の苦手で有名らしいんです」

少しでも幽霊や妖怪などの話を振ると怒り出すので、一時期は飲み会でよくからかわれていたそうだ。しかしある日執拗《しつよう》に話を振った男性と喧嘩《けんか》寸前になって以来、誰も口にしなくなった。

露が深く息を吐く。先日露の身に起きた出来事は以上で終わりらしい。

電車が速度を落とし、車内アナウンスが駅名を告げる。目的地の駅に車輌《しゃりょう》が滑り込む。ホームに降りてから、理恵は最も気になることを露に質問する。

「そして陣川さんのアパートを出た後に、珠代さんが倒れたんだよね」

「そうです。一緒に泥棒を追いかけたときは、元気そうに見えたのですけど」

アパートを出て駅に向かう途中、珠代は突然路上で膝をついたらしい。単に転んだだけかと思ったが、立ち上がるとまだふらついていた。そして省吾が手を貸す間もなく再度転倒し、今度は縁石に頭を打ったことで昏倒《こんとう》してしまったのだ。

「付き添いが必要だったらしくて、省吾さんと私も一緒に救急車に乗りました。お医者さんに任せた後は何の役にも立てないから、省吾さんにタクシーで駅まで送ってもらいました」

理恵たちは現在、珠代が入院している病院に向かっていた。

駅前からバスに乗り、しばらく揺られて総合病院の前で降りる。

消毒液と人の匂いが入り交じる廊下を歩き、教えられていた病室に向かう。宮口珠代という名札を確認し、大部屋のドアを静かに開けた。

大部屋はテレビの音が小さく流れていた。珠代がいるはずのベッドの脇に中高生くらいの男子が座っている。背丈は大人と変わらないが、顔立ちがあどけない。

理恵が会釈をすると、少年が頭を下げてから小声で言った。

「申し訳ありません。母は今眠ったところなんです。談話室に移動してもらえますか」

すぐに辞去するべきかと思ったが、珠代の容態も気になった。一緒に談話室まで歩いていく。

珠代の息子は佑《たすく》と名乗り、現在は高校一年生だと自己紹介した。具合を訊ねたところ、珠代が倒れた理由は過労だった。さらに不整脈の疑いがあるらしく、検査のため数日間の入院が決まったらしい。手土産を渡すと、佑は丁寧に受け取った。

「母は児童相談所で毎日残業続きなんです。休日でも緊急事態があれば駆けつけますし、家族で夕飯を食べようとしたら連絡が来るなんてことも日常茶飯事です。泥棒を追いかけている最中も、何度か苦しそうに胸を押さえていたんですよね。正直いつかこんなふうに倒れるんじゃないかと心配だったんです」

「珠代さんの熱心さは、本当にすごいと思います」

露の言葉に佑が微笑む。体調を心配しているが、同時に母を誇りに思っているのだろう。

「ありがとう。ひょっとして君は、母が倒れたときに一緒にいた子かな」

露がうなずく。子どもたちを想う際の珠代の熱意は、付き合いの浅い理恵にも伝わっている。しかし、その強い意志が珠代に無理をさせたのかもしれない。佑が複雑そうな表情で言う。

「母は陣川さんのお宅にも頻繁に訪れていたようですね。奥さんの相談相手が最近事故に遭ったらしくて、母は代わりに何度も相談を受けていました。夜に三時間以上、電話で相手をすることもあったんですよ」

子どもたちの危機と直面する児童相談所での業務は、間違いなく精神を磨《す》り減《へ》らす。子どもの安全を確保するだけでなく、親との付き合いもある。意欲だけで補うのも限界があるはずだ。

「母はいつも全力でした。一切弱音を吐かないことが、逆に心配になるくらいです。組織のことはよくわからないのですが、ベテランの母に負担がかかるみたいで」

児童相談所の職員には採用の形式が複数あるという。地域によっても違うらしいが、珠代の所属する児童相談所の場合は専門職と一般職に分かれているという。

「母は専門職で、基本的に児童相談所だけで働き続けます。ですが職員のほとんどは市の採用による一般職らしいんです」

児童相談所の職員の多くは、普通の公務員として採用された上で配属されているという。つまり保健福祉に関しての知識を持っていないのだ。そして三年ほど働いた後は、市役所や別の出先機関に異動していくそうなのだ。

さらに児童相談所は不人気らしく、離職者も少なくないという。必然的に専門的に取り組む珠代のような職員の負担が増えていくらしかった。

そこまで話してから、佑が恥ずかしそうに首を横に振った。

「突然こんなことを言われても困りますよね。ただ、もしよければ母が無理をしないよう協力してもらえると助かります。俺や父から言っても母は耳を貸さないので」

検査入院も家族の意向で、珠代の心身を休ませる意味合いが大きいらしい。話を終え、理恵と露は正面玄関に向かった。

「宮口さん、退院しても無理しないでほしいですね」

「そうだね」

答えながら無理だろうとも思う。人手が足りない職場では、責任感の強い誰かが過度に仕事を引き受けてしまいやすい。

児童相談所では職員の働きに子どもたちの運命がかかっている。目の前に危機が迫っている状況で、珠代は今後も自分自身を犠牲にするに違いない。解決方法は人員の増加など組織の体制見直し以外ないが、何よりそれが極めて難しい。

階段を下りたところで、理恵は隣に露がいないことに気づいた。振り向くと棒立ちのまま足を止めている。目を大きく広げて進む先を見つめていた。

異変に戸惑いながら理恵は視線の先を追った。窓の前に一人の女性が立っている。背後に太陽があるせいで逆光で、シルエットしか見えない。しかし徐々に目が慣れて、女性の姿がわかってくる。

「あ……」

面識はないけれど、一目でわかった。白髪《しらが》交じりだが柔らかそうな髪は、赤羽鋼一の言うとおり遺伝なのだろう。何より顔立ちが麻野にそっくりだ。

夕月逢子も露に気づいたのだろうか。茫然とした顔つきで立ち尽くし、初めて会う孫の姿を見つめていた。

2

初夏の緑が中庭に繁っていた。逢子は順調に回復しているらしく、歩く姿は健康そうに見えた。

理恵と逢子は空いていたベンチに腰かける。露は少し離れた場所で、立ったまま様子をうかがっていた。何度か手招きしたけれど近づいてこなかった。

理恵はスープ屋しずくの常連で、麻野と露の友人だと自己紹介した。その上で話をしたいと告げると、逢子は快く応じてくれた。

「なぜ麻野さんとの面会を断ったのでしょう」

無遠慮だと承知していたが、聞かずにはいられなかった。

「奥谷さんは、私とあの子に起きたことを？」

「はい」

うなずくと、逢子は目を伏せた。

逢子の髪は肩くらいで切り揃《そろ》えられている。年齢は六十歳くらいのはずで、刻まれた皺は年相応だ。顔を横から眺めると、鼻梁《びりょう》の形が特に麻野と瓜二《うりふた》つだった。

「ご存じなら説明は不要のはずです。合わせる顔などありません」

逢子はパジャマの胸元を強く握りしめ、遠くから見守る露に視線を向ける。露が身体を強張らせると、逢子はすぐに顔を逸らした。

「孫がいると噂で聞いておりました。本来なら私に会う資格などなく、あの子もきっと不快に思うでしょう。本日も不慮の遭遇ながら、申し訳なく思っています」

あの子とは麻野のことだろう。思えば麻野も夕月逢子のことを『母』や氏名で呼ぶことがほぼないように思う。

「お孫さんだと、よくわかりましたね」

露の顔立ちは母親である静句譲りだ。すると逢子が不思議そうに首を傾げた。

「小さい頃に、よく似ておりますから」

逢子は当然のことのように答えた。

「本日はどなたかのお見舞いでしょうか」

「珠代さんのお見舞いです」

身内でない人間と露が一緒にいることで、診察ではないと判断したのだろう。逢子は辛そうな顔で病棟を見上げる。視線の先は珠代のいる病室がある付近だった。

「入院と聞いて私も驚きました。児童相談所の職員として熱心に取り組んでいましたが、以前から抱え込み過ぎと心配しておりました。すでに限界だったのでしょう」

珠代の話をするときの逢子の目は、誰かを心配するときの麻野にそっくりだった。

「陣川さんのお宅から帰る途中に倒れた際、あの子も一緒にいたそうですね」

今度のあの子とは露のことだと思われた。おそらく顚末は珠代から聞いたのだろう。理恵が足元に視線を落とすと蟻《あり》が列を作っていた。

「水野くんも珠代さんも、陣川さんご一家についてとても心配されていました。私も最近、水野くんに協力させてもらっています。陣川さんは、どういった方なのでしょう」

唐突な質問だったが、逢子は答えてくれた。それは逢子が本人や近隣住民から聞くなどして集めた情報だった。

陣川は感情のコントロールが下手で、激しやすい性格だった。そして逢子は気性の荒さの原因が生い立ちにあると考えていた。

陣川剛秋の両親は息子に対して頻繁に暴力を振るっていた。特に父親が些細なことで剛秋に折檻《せっかん》を繰り返していた。幼少時に近所の神社の木にロープで縛りつけた上で一晩中放置されたせいで、幽霊を極度に怖がるようになったそうなのだ。

「陣川さんは元々、暴力を嫌う穏やかな方だったそうです。しかし娘さんが生まれたのを機に、かつての父親を思わせる逆上ぶりを見せるようになったようです」

虐待を受けた子が成長し、子に同じ仕打ちをする負の連鎖は珍しくないという。

「陣川さんは気持ちをうまく抑えられないと悩んでいました。それだけ過去の傷が深いのでしょう。……私が言う資格などありませんが」

背中を丸める逢子の姿は、理恵にはとても小さく見えた。

パジャマ姿の少女が目の前を走り抜けた。元気そうに見えるが、入院しなくてはならない理由があるのだろう。少女に慈しむような視線を向ける逢子の横顔も、やはり麻野によく似ていた。少女を目で追いながら逢子が言った。

「陣川さんのご自宅近くにある図書館に、娘の冬乃ちゃんは足繁く通っています。よければ話を聞いてあげてください」

「ありがとうございます」

理恵は逢子に会釈をして、露のいるところまで歩いていった。遠くに見える逢子は、まだベンチに座っている。

「お話ししていかなくていいの？」

露は首を横に振った。

「お父さんが先だと思う」

「そっか」

敷地から離れるために歩き出す。露は後ろを気にしているようだけど、一度も振り返らなかった。遠くから救急車の音が近づいてくる。角を曲がる際に理恵の視界の端に、ベンチに座り続ける逢子の姿が入った。

3

地図アプリによれば、陣川宅から三百メートルの距離に図書館があった。露と一緒に訪れると、来館者は高齢者が目立った。図書館の外観は古びていて、建物内は湿っぽいにおいがした。

露は子ども食堂で一度だけ冬乃と会ったことがあるらしい。まずは児童書コーナーを探してみるが、冬乃は見つからなかった。次に一般書籍が並ぶ書架を探っていたところ、露が資料の閲覧席に腰かける一人の少女の姿に反応した。

「あの子です。間違いありません」

露が小声でつぶやく。数冊の本を抱えていて、黒色のワンピースという格好だ。

露は深呼吸をしてから冬乃に話しかけた。

「冬乃ちゃんだよね」

「えっと、子ども食堂の麻野さん？」

冬乃は露を覚えていたらしい。露は小声で「ちょっとお話をしない？」と言い、冬乃を出入り口まで誘い出した。その途中、冬乃は手持ちの本の貸し出し手続きを済ませた。

理恵は子ども食堂で冬乃を見かけていたことに気づく。食堂内でうつむきながら、一人で食事していたのだ。

引っ込み思案なのか、以前見かけたとき同様ずっと背中を丸めている。理恵が自己紹介すると、冬乃も覚えている様子だった。

正面玄関の脇のベンチに腰かけてから、露が両手を合わせて謝罪した。

「読書の邪魔をしてごめんね。何を読んでいたの？」

冬乃が恥ずかしそうに隠そうとするが、タイトルが丸見えだった。そこには『山《さん》怪《かい》』と書かれてあった。おどろおどろしいイラストの表紙は、小学校中学年が読むには難しいように思える。

「怖い本が好きなの？」

露が明るい調子で訊ねる。基本的に人見知りの露だが、一度知り合った後ならコミュニケーションは不得意ではない。冬乃が本を完全に両腕で隠した。

「う、うん。変ですよね」

「そんなことないよ。私も前から興味があったんだ。もしオススメなんかがあったら教えてほしいな」

「それなら、何冊かあります」

冬乃が顔を上げ、急に早口になった。そして好きだというオカルト関係の本を何冊か挙げ、内容も説明しはじめる。趣味のことになると饒舌《じょうぜつ》になるタイプらしい。

露は笑顔で相づちを打っている。

冬乃が列挙する本は、古今東西の幽霊から妖怪、民俗学、実話怪談など多岐に亘っていた。小学生で読んでいると考えると、情熱は人一倍だろう。語り口から本当に好きという気持ちが伝わってきた。

一通り話し終えたらしい冬乃が、本を肩から提げていたトートバッグにしまった。

「ただ実は最近、本じゃなくて実際に怪奇現象が起きるようになったんです」

「そうなの？」

聞き捨てならない情報だ。露が興味深そうに身体を寄せると、冬乃が嬉々《きき》とした顔つきで説明をしてくれた。

冬乃の住むアパートでは泥棒騒動があって以来、立て続けに不可思議な現象が起きているらしかった。

最初は女性の笑い声がかすかに聞こえてきたという。さらに夜中に突然、弾けるような音が鳴り響くこともあった。そして先日は奇妙な御札がポストに投函《とうかん》されていたらしい。

冬乃がバッグから丁寧にクリアファイルを取り出す。そこには謎の文様の書かれた紙片が大事そうに保管されていた。

「正直怖いけど、何が起きているのかわくわくしてるんです」

ラップ音までは勘違いでも済まされるが、御札の件は人為的としか考えられない。身の危険を顧みず楽しみを覚える姿に理恵は不安を覚えた。

「御札について、お父さんは何か言ってる？」

「……話せないです。お父さんは、絶対に怒るから」

父親の話題になって、冬乃の表情が曇った。剛秋は冬乃が怖い話をしたり、心霊関係の本を持っているのを見かけると激しく叱責《しっせき》するという。そのため最近は話題を避け、本も自宅では読まないように心がけているらしかった。

「この前も家に出たっていう泥棒について、神隠しなんてあり得ない。きっと畑の持ち主が共犯者だとか、犯人を見落としていただけだと繰り返していました。本当なら神隠しについて、詳しく教えてほしかったんだけど」

怒られても止まらないほど、冬乃のオカルトへの好奇心は強いようだ。小学生に好きという気持ちを抑えさせるのは難しい。父と娘の趣味は決定的に合わないらしい。他人であれば離れれば済むけれど、肉親だと簡単には解決できない。

露はスマホにメモを取り、オススメされた本を読んでみると冬乃と約束を交わした。冬乃はもう少し読書をしたいと図書館に残った。

理恵たちは続いて、神隠し事件の現場に向かった。

陣川宅を起点に、泥棒を追いかけた順路を辿《たど》る。住宅街の路地を進み、何度か角を曲がると鳥居が見えた。その先は鬱蒼《うっそう》とした木々のある神社だ。

鳥居をくぐると社殿があり、方角的には西に位置する右手側に社務所がある。その反対には畑があり、ビニールハウスが並んでいた。

理恵たちは神社の裏手側に回るが、隠れられる場所はなさそうだ。社の戸も施錠されている。今のところ露が体験した当時の状況と同じである。

次に畑に近寄る。莫蓙《ござ》や透明なビニールシート、様々な農具らしきものが落ちている。打ち捨てられたビニールは、骨組みになったビニールハウスの残骸だと思われた。ビニールハウスにはフックがあり、軍手や手ぬぐいが無造作に引っかけられていた。

私有地に入るのも気が引けたので、理恵は再び鳥居をくぐってから道を回り込んだ。今日は畑の持ち主は不在らしい。露が教えてくれた持ち主の立ち位置は、畑を抜けてきた人物がいれば間違いなく目に入りそうだ。

状況から考えて、不審者は突然消えたとしか考えられない。露と一緒に帰りながら意見を交わしたが、結局何も思いつかなかった。

帰りには暗くなりかけていて、理恵は露をスープ屋しずくまで送り届けることにした。電車を乗り継ぎ、最寄りの駅に到着する。日曜なのでスープ屋しずくはお休みで、路地の先に見える店先は明かりがついていなかった。

ビルを回り込み、裏階段から二階に上がる。以前問題になったジビエの熟成庫は、必死の片付けによって一階に移動したらしい。露が鍵を開けて「ただいま」と呼びかけると、麻野が小走りで玄関まで迎えに出てきた。

「おかえりなさい。理恵さん、わざわざ送ってもらってありがとうございます」

麻野はカーキの長袖Tシャツとコットンパンツという格好だ。細身の体型なので
ラフな部屋着でも様になっていた。

「いえ、当然のことです」

理恵はそのまま辞去しようと思っていた。しかしそこで麻野が驚くべき提案をし
てきた。

「ご迷惑でなければ、一緒にお夕飯はいかがでしょう」

「そんな、お邪魔するわけには」

突然の申し出に、理恵はしどろもどろになる。

「今日も露に付き添っていただきましたし、せめてもの感謝の気持ちでもあります。

大したものは出せませんが、良かったら食べていってください」

露が靴を脱いでから理恵の腕を引っ張る。

「駄目ですか？」

露の上目遣いが最後の一押しとなり、理恵は誘いを受けることに決めた。

「お言葉に甘えさせてもらいます」

麻野の家に上がるのは初めてだ。スリッパに履き替えて廊下を進む。ブラウンのフローリングと明るい白壁の清潔感のあるリビングだった。部屋の中央にシンプルなテーブルがあり、間接照明のオレンジの光が落ち着いた雰囲気を生み出していた。リビングはキッチンと一体化しており、和の出汁の香りが漂っていた。

理恵は洗面所を借りて手洗いを済ませた。大人用と子ども用が並んだ歯ブラシから生活感が伝わってくる。戻った理恵は部屋を見渡してから麻野に訊ねた。

「お仏壇はあるのでしょうか。あればお線香を上げさせていただけますか」

「ありがとうございます。ご案内しましょう」

麻野の案内で、リビングから玄関のある廊下を戻る。一室のドアを開けると、本棚が並んでいた。他にも段ボールが積んである。

「書斎に妻の位牌《いはい》や遺影を置いていたのですが、僕の持ち物でいっぱいになってしまいまして……。妻にも申し訳ないですし、お恥ずかしい限りです」

麻野が小さくなっている。本棚にあるのは料理の技術書や研究本、雑誌などばかりだ。麻野の研究熱心さが伝わってくる。

こぢんまりした仏壇に麻野の妻である静句の遺影が飾ってあった。露によく似た面差しで、癖毛の女性が微笑みを浮かべている。鈴《りん》を鳴らすと甲高い音が響き、理恵は両手を合わせて目を閉じた。理恵は背後にいる麻野に話しかける。

「麻野さんに謝らなくてはならないことがあります」

「何でしょう」

理恵は手を下ろして目を開けた。

「今日訪れた病院で夕月さんと偶然会って、露ちゃんとも顔を合わせました。事前に宮口さんに入院先を確認するべきでした。本当に申し訳ありません」

麻野と逢子の確執を思えば、親の許可なく露に会わせるべきではない。理恵は振り向き、深く頭を下げた。

「不可抗力だったのでしょう。理恵さんのせいではありません。露がお見舞いに行くと聞いた時点で、僕も注意を払うべきでした。詳しくは食事の後に改めて話しましょう」

「わかりました」

顔を上げると、麻野は普段通りの笑みを浮かべている。いつもと変わらない表情だけれど、その先で何を考えているのか理恵にはうまく読み取れない。

リビングに戻ると、露がキャベツを刻んでいた。料理の手伝いは慣れている様子だ。麻野が厨房に立つと、流れるような動作で調理を進めた。そしてあっという間に仕上げを終えたので、理恵と露は協力して皿をテーブルまで運んだ。

献立は豚の生姜焼きに千切りキャベツ、冷《ひ》や奴《やっこ》と胡瓜のピクルス、そして味噌汁という内容だった。ごく普通の家庭料理が並ぶ食卓は、ほっと一息つくような安心感があった。

「いただきます」

どれもシンプルな白色の皿に盛りつけてある。手を合わせてから、まずは豚の生姜焼きに箸を伸ばした。口に入れた理恵は直後に声に出していた。

「おいしい」

ただの家庭料理と思って油断していたのが間違いだった。調理したのは麻野なのだ。生姜の味がきりっと立ったタレが絡んだ豚肉は柔らかく、焼いた赤身の香ばしさと脂の旨みが存分に感じられた。スライスされた玉葱はさくっとした歯ごたえで、砂糖などの使用を抑えた味付けに嫌みのない甘さを与えていた。ご飯も艶があり、炊き加減がちょうどいい。

「ご満足いただけたようで何よりです。お店で料理を褒められるのとは勝手が違って、少々気恥ずかしいですね」

麻野が照れ笑いを浮かべている。期待を膨らませ、味噌汁に取りかかる。スープ屋しずくでも何度か味噌汁が出たことがあるが、どれも凝った具材ばかりだった。

しかし目の前にあるのは豆腐とワカメだけのシンプルな味噌汁だ。

漆器のお椀に口をつける。その途端、出汁の香りとお味噌の芳醇《ほうじゅん》さが広がった。出汁も味噌も知っている味のはずなのに、華やかさが段違いだ。さらに味噌の風味に刺《とげ》がなく、身体に染みわたるような感覚があった。

「すごいです。こんなお味噌汁はじめてです。どうやって作ったのでしょう」

つるりとした食感の絹ごし豆腐は舌にまとわりつく感じがするくらい大豆の味が濃厚だ。わかめも肉厚で、ざくざくとした歯触りが驚きだった。衝撃のあまり質問をすると、麻野が微笑みを浮かべた。

「素材に真摯に向き合って、丁寧に作っただけですよ」

確かに見た目では何もわからない。しかしここまで変わるのだろうか。腕前に感心していると、露が不満そうに口をとがらせた。

「いやいや、お父さん。最高級の利尻昆布《りしりこんぶ》と本枯節《ほんかれぶし》に、わざわざ取り寄せた信州の手作り味噌を使ったら美味しくなるに決まってるじゃん。お店で出すために試しに買ったけど、高すぎるって慎哉くんに怒られて使えなかったやつでしょ」

麻野が居心地わるそうに咳払《せきばら》いした。

「素材の質を最大限に引き出すのも僕の腕次第なんだよ」

「それはそうかもしれないけど。ねえ、理恵さん。これって普段は少しずつ使っているけど、理恵さんが来たから奮発したんだよ」

二人のやりとりに、理恵は笑いをこらえる。お店とは異なる父娘《おやこ》の親密な雰囲気を微笑ましく感じながら、理恵は味噌汁に口をつけた。


食事を終えた後、露は宿題があると言って自室に引っ込んだ。理恵は台所の片付けを申し出た。遠慮する麻野との押し問答の結果、理恵は食器拭きを担当することになった。

調理に使った器具の大半は、合間を縫って洗い終えていたらしい。麻野が洗った食器類を受け取って布巾で拭いていく。

「先ほどの話についてですが」

「はい」

麻野は泡立ったスポンジで食器の汚れを落としている。

「夕月逢子の印象について、理恵さんが感じたままを教えていただけますか」

理恵は水切り台に置かれた食器を手に取り、乾いた布で水滴を吸い取る。それから食器棚に同じ大きさの皿に重ねていった。

「長い会話はしていません。その上で過去を悔やみ、同時に償いきれないことだと感じているように見えました。私には関わる人の身を案じ、本心から心配しているように思えたのです。それと露ちゃんと目を合わせても取り乱すことなく、冷静に振る舞っていました」

「ありがとうございます」

理恵の答えを聞いて、麻野は目を細めた。横顔からは感情が読み取れない。

シンクの掃除を終えた後、麻野はルイボスティーを淹《い》れてくれた。席についてから飲むと、店の味と同じだった。ミネラル分を感じさせる優しい口当たりだ。

リビングの本棚の上に、静句を交えた家族写真が飾ってある。遊園地にいったのか、両親に挟まれて露が安らいだ笑顔を浮かべていた。

麻野が深く息を吸い込んだ。

「正直、迷っています」

「何をでしょうか」

「周囲の反応から、夕月逢子が以前と変わったことは伝わってきます。本当は心を広く持って、受け入れるべきなのでしょう。しかし心情的に受け入れられない自分がいるのです。もういい大人なのに、情けないことですが」

「私はそう思いません」

珍しく気弱な麻野の発言を、理恵はとっさに否定していた。

「子どもの頃に受けた傷は、年月が経ったからといって易々《やすやす》と癒えるものではありません。許せなくても、情けないなんて思う必要はありません」

思わず声が大きくなったせいか、麻野が驚いた顔をしている。消え入りたい気持ちになる。しかし言いたいことはまだあって、理恵は徐々に声を小さくしながら続けた。

「家族だから受け入れなくちゃいけない。そんな風潮に、私は違和感があります。むしろ肉親だからこそ認めがたいのだと思います。たとえ受け入れても、そうじゃなくても、私は麻野さんが悩んで出した結論を支持します。ただ……」

そう前置きしてから、理恵は露の部屋があるらしい方向に視線を向けた。

「もしも麻野さんが夕月さんを受け入れられなかったとしても、露ちゃんがおばあさんに会いたいと願うのであれば、その気持ちだけは許してあげてほしいです」

病院の中庭で祖母を見つめる露は、間違いなく話をしたがっていた。だけど麻野への遠慮から声をかけられずにいた。麻野が表情を緩める。

「理恵さんの言う通りですね。露に気を遣わせてしまい、申し訳ない気持ちでいっぱいです。会いたいと願うのであれば、露なりに考え抜いた結論のはずです。親バカと思われるかもしれませんが、あの子はとても聡明《そうめい》ですから」

麻野が理恵を正面から見つめる。

「ありがとうございます。理恵さんのおかげで大切なことに気づけました」

「いえ、私はそんな」

理恵はまたルイボスティーに口をつける。二人だけのリビングはとても静かで、理恵は麻野の顔をまともに見られない。

スイッチの切れたテレビのディスプレイに、理恵と麻野の姿が反射している。勘違いかもしれないけれど、今までにない親密な空気が流れているような気がした。

「あの、麻野さん」

「何でしょう」

麻野の面持ちも緊張している気がした。そのとき、廊下から足音が聴こえた。露がお手洗いにでも立ったのだろうか。理恵は小さく息を吸い込んだ。

「露ちゃんから聞いているかもしれませんが、奇妙な出来事に遭遇しまして……」

理恵は一度咳払いをしてから深呼吸をした。それから露の身に起きた神隠しや陣川親子について順を追って伝える。

「私が現場を見た限り、隠れられそうな場所はありませんでした。泥棒の素性も、冬乃ちゃんの自宅で起きている謎の怪現象も気になります」

そこまで伝えたところで、麻野の深刻そうな表情に気づく。

「麻野さん？」

問いかけると、麻野が椅子から立ち上がり、近くのスマートフォンを手に取った。

「杞憂《きゆう》かもしれませんが、陣川冬乃さんに危険が迫っている可能性があります。念のため確認してもらうよう水野さんに連絡をします」

「危険、ですか？」

麻野がスマホを操作してから耳に当てる。しばらく待つと繋がったようで、省吾とのやりとりをはじめた。通話を終えた麻野はまだ顔をしかめていた。

「水野さんは外出中で、冬乃さんの自宅から離れたところにいました。急いで向かっても一時間くらいかかるようです。水野さんが陣川さんのスマホに連絡をして、こちらに報告をしてくれることになりました」

直後に麻野のスマホが振動する。画面を見た麻野が眉を歪めた。

「陣川さんは電話に出ないようです」

「大丈夫なのでしょうか」

理恵が訊ねると、麻野がゆっくり深呼吸した。

「すみません、取り乱しました。あくまで推測ですので、当たっている保証などありませんから」

自分を落ち着かせるように言うけれど、麻野は明らかに心ここにあらずといった様子だ。見ていられなくて、理恵は立ち上がった。

「今すぐ向かいましょう。車なら一時間もかかりません」

「ですが仮に推測が正解でも、今日中に状況が悪化するとは限りません」

「外れていたらラッキーと思えばいいだけです」

子どもが被害に遭う事件で、麻野は平常心でいられなくなる。このまま不安な気持ちでいさせるくらいなら、行動したほうが不安は減るはずだ。

「ありがとうございます。それでは急ぎましょう」

露に話せばついてくると言い出して聞かないと思われるので、麻野は理恵を送ってくると誤魔化して家を後にした。車を停めてある近くの駐車場に急ぐ。

スープ屋しずくの前の路地を出ると、辺りは飲食店やコンビニの照明で彩られていた。強い光で飾られた夜の繁華街を、理恵と麻野は並んで走った。

車内で連絡を取り合い、途中で駅に立ち寄って省吾を拾う。麻野の運転する車はカーナビの予測より早く目的の町に到着した。依然として剛秋には連絡がつかないらしい。

陣川一家のアパートは明かりが点いていた。チャイムを鳴らすとドアが少しだけ開き、チェーンロックの隙間から三十代半ばくらいの女性が覗いてきた。

「あの、何でしょうか」

痩せ細った女性は剛秋の妻の史子だろう。省吾が明るい調子で口を開く。

「奥さん、夜分遅く申し訳ありません。子ども食堂を手伝っている水野省吾です。以前お会いしましたよね。旦那さんにお話があるのですがご在宅でしょうか」

史子は視線を逸らし、小声で答えた。

「冬乃の泣き声でしょうか。ちょっと叱っただけですから虐待なんてしていません」

聞いてもいないことを答える。おどおどした様子を奇異に感じた。省吾も変に思ったらしく、訝《いぶか》しげに質問した。

「何かあったのですか」

「あの子が変な御札を持っていたせいです。夫が問い質《ただ》したら、勝手に郵便受けに入っていたなんて嘘をついて。いつもあの子が悪いんです。どうして夫の神経を逆撫でることばかり言うんだろう」

史子が親指の爪を噛む。省吾はドアの隙間に足をねじ込んだ。

「冬乃ちゃんと陣川さんは室内ですか。それとも他の場所ですか」

史子はドアを閉じようとするが、省吾が足で阻止する。史子が震える声で答えた。

「もう二度とオカルトの話をさせないために、ちゃんと躾《しつ》けるだけです。それに私はこれまで一度も、あの子に手を上げてなんかいないから」

精神的に参っていると聞いていたが、理恵にはかなり重度に見えた。

麻野が問いかけると、史子が目を見張った。省吾の力が緩んだのを見計らい、史子が無理やりドアを閉めた。麻野が踵を返す。

「裏の神社ですか？」

「神隠しの神社で間違いないでしょう。案内してくださいますか」

理恵と省吾が走り出し、麻野が続く。数百メートルの距離だが全力疾走したせいで息が切れた。

神社には明かりが全くなく、深い闇が広がっていた。

スマホの懐中電灯機能を立ち上げて周囲を照らす。理恵が社務所側を探していると、敷地内に向かっていた省吾が大声を上げた。

「何をしてるんですか！」

声の元に急ぐと、社殿の傍らに剛秋と冬乃の姿があった。剛秋は狼狽《うろた》えた様子で省吾に胸ぐらを摑《つか》まれている。

暗闇を照らした理恵は息を吞《の》み、それから慌てて駆け寄った。冬乃が神社の柱に縛りつけられていたのだ。荒縄で身体を巻きつけられ、冬乃は声を押し殺して涙を流している。麻野の手が背後から伸びてきて、固い結び目を強引にほどいだ。

理恵が解放された冬乃を抱きしめると、力なく全身を預けてきた。

「すまない」

剛秋の力ない声が聞こえる。スマホのライトに照らされた剛秋がその場に膝をついた。喉の奥で唸《うな》るような冬乃の声は、次第に大きな泣き声に変わっていった。

4

冬乃が助け出された六日後、理恵はお昼前のスープ屋しずくを訪れた。土曜なので普段なら朝営業はやっていない。先日の事件について関係者に話したいことがあると、麻野から呼び出されたのだ。

電車の遅延が発生し、理恵は予定時刻を三分遅れて店にやってきた。事前に連絡は済ませてあるが、駆け足で店に飛び込む。

「遅くなってすみません」

謝罪を口にしてから店内を見ると、すでに全員がそろっていた。麻野と露の他には省吾と退院した珠代、そしてなぜか珠代の息子である佑の姿があった。剛秋と交流の深かった逢子は不在だ。退院したと聞いているが、きっと呼んでも来ないだろう。

「こちらこそお呼びだてして申し訳ありません。空いた席にお座りください」

露の隣が空いていたので理恵は腰かける。それぞれの前にすでにドリンクが用意してあって、麻野は何も言わずに理恵の前にもルイボスティーを置いてくれた。それから麻野はカウンターで作業を済ませ、トレイを持って席に近づいてくる。

「本日はお集まりいただきありがとうございます。すでに朝食は済ませているかと思いますので、甘いスープをご用意させてもらいました。話の途中に召し上がっていただければ幸いです。こちらは台湾《たいわん》のピーナッツのお汁粉です」

「ピーナッツですか」

麻野に質問をすると、麻野がにこやかな顔でうなずいた。

「現地では花生湯《ファーシェンタン》と言うそうです」

麻野は各人の前にスープを置いた。ガラス製の透明なスープ皿に白く濁ったおつゆが盛られ、白くなったピーナッツがたくさん沈んでいる。

「いただきます」

初めての料理に、恐るおそる金属のスプーンを手に取る。先端を沈めるとさらっとしていた。口に運ぶとスープは崩れたピーナッツでとろっとしていて汁粉に近い。砂糖の甘さは優しく、ピーナッツの油分がしっかりとしたコクを生んでいた。粒状のピーナッツは柔らかく、サクサクと歯で噛み切れる。普段のカリッとした食感とは別物だ。食べ慣れた素材がほんの少し調理を変えただけで、異国の食べ物になるのが楽しかった。

シンプルな料理なので、他の面々の口にも合っているようだ。すると麻野が珠代に笑みを向けた。

「宮口さんは過労で倒れ、なおかつ心臓の調子が芳しくないとお聞きしました」

「検査の結果は大丈夫でしたが、無理はしないよう注意を受けました」

「ピーナッツに含まれるマグネシウム、そして牛乳に含まれるカルシウムは抗ストレスミネラルと呼ばれています。またマグネシウム不足は心疾患を引き起こすと言われているため、しっかりと摂取するのをお勧めします」

珠代が目を丸くして、食べている途中のスープ皿に視線を落とした。

「私の身体を気遣った上で作ってくれたのですね。ありがとうございます」

珠代が大事そうに口に運ぶ。それから麻野は佑へと顔を向けた。佑は「母のためにありがとうございます」と言いながら頭を下げた。

「一つ質問してもいいかな」

そんな佑に向けて麻野が口を開いた。

「何でしょう」

「佑くんはどうやって、お母さんが泥棒を追いかけている最中に心臓を気にしていたことを知ったのかな」

佑はスプーンを手に持ったまま硬直している。いち早く意味に気づいたらしい露が声を上げた。

「泥棒を追っている最中、全員が必死に走っていました。前を見る余裕は誰にもなかったはずです。私は宮口さんの背後にいて、心臓を気にしているかどうか見えませんでした」

続いて省吾がスープを慌てた様子で飲み込んだ。

「俺も先頭の泥棒だけ見ていたし、陣川さんも同じだった。気づけたとしたら何度も振り向いていた先頭の泥棒だけだ。でも宮口さんが佑くんに、直接話しただけなんじゃないですか」

省吾が顔を向けると、珠代は困惑した顔で首を横に振った。息子には伝えていないようだ。全員の視線が佑に向けられるなか、麻野は淡々とした口調で続ける。

「宮口さんは弱音を吐かないと聞きましたから、息子さんに言う可能性は低いと考えました。陣川さんのお宅に侵入したのは、佑くんで間違いないかな」

佑は唇を噛みながら返事をしない。そこで理恵が小さく手を挙げた。

「不審人物が神社から消えた方法はわかっているのでしょうか」

話の腰を折るようだが、不審人物が消えた経緯が不明なら犯人扱いは難しいように思えた。すると麻野は大きくうなずいた。

「ビニールハウスと太陽光を利用したのでしょう」

佑の肩が大きく震えた。

「畑のビニールハウスの近くに、透明のビニールがあったと聞きました。解体したビニールハウスの残骸なのでしょう。佑くんはそのビニールで身を隠したのです」

　省吾が首をひねる。

「透明のビニールでどうやって？」

「その日は西から太陽の光が強烈に差し込んでいたそうですね。落ちていたビニールの端をビニールハウスにあったフックにかけ、もう一つの端を持ってカーテンのように広げます。そうすることでビニールに太陽光を反射させ、姿を見えなくさせていたのでしょう」

　厚くて透明なビニールは光を強く反射させる。落ちかけた太陽の真横からに近い光線が、向こう側が見えなくなるくらいの照り返しを生み出したのだろう。さらにビニールハウスの前で行えば、背後のビニールと同化して気づかれなくなる可能性は高まるはずだ。

「一歩間違えれば見つかる危険な方法ですが、少しでもやり過ごせば逃げる機会は得られます。おそらく露と水野さんが神社の裏手を探している間に、鳥居をくぐって敷地内から立ち去ったのだと思われます」

　珠代が腰を浮かせ、佑の両肩に手を置いた。

「答えて。どうして陣川さんの家に入ったの」

すると省吾が立ち上がり、珠代の肩を押さえて座らせた。

「まずは話を聞きましょう。きっと理由があるはずです」

佑はうつむいたままだが、何度かつばを飲み込んだ。そして意を決したらしく小声でつぶやいた。

「自宅に侵入したのは、虐待を止めるためです」

佑が説明をはじめる。侵入したのは、剛秋が冬乃に暴力を振るう証拠を得ようとするためだった。スマホを仕込んで録画して、決定的な証拠を入手しようと考えていたというのだ。

「怒鳴り声だけじゃ児相は動けない。だから動画を撮影しようと考えた。盗撮になるのはわかっていたけど、それくらいしないと解決できないと思ったんだ」

しかし剛秋に見つかり、佑は逃げる羽目になる。さらに省吾や母親にも追いかけられて神社に逃げ込む。そして隣にあったビニールハウスでトリックを使って何とかやりすごしたのだ。

「それから俺は次の手を考えました。そこで陣川さんについて調べたらオカルトを極度に恐れていることを知って、利用することを思いついたんです」

剛秋の噂は近所で有名らしいから、耳に入れることは難しくなかったのだろう。

「俺は陣川さんの自宅アパートで奇妙な声を流したり、怪しい御札を郵便受けに入れたりして脅しました。そうすれば昔を思い出して、自分の行いを悔い改めると思ったんです」

剛秋の心には怪奇現象と一緒に、父親からの虐待の記憶が刻み込まれている。それを刺激することで、冬乃への暴挙をやめさせようと考えたのだ。

そこで佑がうつむいたまま、瞳に涙をにじませた。

「でも、俺のやったことは逆効果だったんですよね」

剛秋は、冬乃が持っていた奇妙な御札を見て激昂した。麻野が冬乃を心配したのは、御札の存在があったからだった。怪音であればまだ気のせいで済ませられるが、実際に御札が目の前にあることで、剛秋を過剰に刺激する恐れがあると考えたのだ。

剛秋は以前から娘にオカルト趣味があることに不満を抱いていた。度重なる怪奇現象によるストレスもあって、冬乃に趣味をやめさせるため神社で縛り付けることにした。剛秋は児童相談所による聞き取りでそう証言したという。

史子は怒り狂う剛秋を前にすると頭が真っ白になり、何もできなくなると話しているらしい。現在、冬乃は児童相談所の施設である一時保護所で保護されている。

剛秋と史子は児童相談所の勧めでカウンセリングを受けることになっていた。

剛秋は冬乃への躾と称して、過去にされた仕打ちを実行した。自分が受けた苦しみは他人に味わわせたくないと感じる人もいる。でも一方で、同じ辛さを与えることしかできない人もいるのだ。省吾がため息を漏らす。

「保護の後の聞き取りで、ここ最近罵声がエスカレートしていたと冬乃ちゃんが証言しました。佑くんが今回の件を仕掛けなくても、暴力を伴う虐待に発展するのは時間の問題だったと思います」

冬乃は今すぐにでも両親の元に戻りたいと願っているらしい。でもそのためには剛秋と妻の心が変わることが必須だった。

一時保護所は原則で二ヵ月ほどしか滞在を許されない。しかしなかには二年近く暮らす児童もいるという。児童相談所が帰してもいいと判断すれば冬乃は親元に帰れることになる。

そこで省吾が不思議そうに首を傾げた。

「でもどうして佑くんは、そこまでして冬乃ちゃんを助けようとしたんだ？　そんなに親しかった覚えはないのだけど」

省吾の疑問に対して、珠代も訝しげな表情で首を横に振る。

「私も佑が冬乃ちゃんと交流があったとは知りませんでした」

麻野も戸惑った表情を浮かべている。

「その点に関しては、僕の耳にした情報ではわかりませんでした。てっきり冬乃ちゃんと仲が良いのかと思っていましたが」

佑は母親とよく似た仕草で首を横に振った。

「陣川冬乃ちゃんとは別に仲良くないよ。ちゃんと会話を交わしたこともない」

「それならどうして」

珠代の追及に、佑が口を固く閉ざしたまま顔を逸らす。そこで露が小さいけれどよく通る声で言った。

「わかった」

一同の視線が集まるなかで、露は佑の顔を真っ直ぐ見つめていた。

「佑さんは宮口さんが忙しすぎるから、少しでも仕事を減らそうとしたんだ。だから冬乃ちゃんの問題を解決しようと考えたんじゃないかな」

佑が慌てた様子で顔を上げた。表情には秘密がばれた子ども特有の焦りと、居心地のわるさがあった。

「そうなの？」

珠代が問いかけるが、佑は顔を逸らしたままだ。指摘が正解だったことは態度から伝わってきた。

なぜ露は佑の気持ちを理解できたのだろう。持ち前の勘の良さが働いたのかもしれないし、親を大切に思う子の気持ちが共感を呼んだのかもしれない。

珠代が詰め寄ってようやく佑が重い口を開く。

「母さんは最近、特に陣川さん一家の問題でかかりきりだっただろ。家庭訪問は欠かさないし、愚痴の電話にも長時間付き合っていた。母さんの身体が持たないと思ったんだ」

実際に倒れて入院しているためか、珠代は何も言えないでいる。佑の両目から涙がこぼれ落ちる。

「でも俺がおかしな真似《まね》をしたせいで母さんに無理な運動させて、入院までさせてしまった。本当にごめんなさい」

佑が深く頭を下げる。珠代がテーブルを回り込み、佑に覆《おお》い被《かぶ》さるように抱きしめた。

「あなたはわるくない。私が仕事で無理をしたせいだよ」

珠代が何度も佑の背をさする。そうしながら、仕事量を減らすよう職場に掛け合うと佑に約束をしていた。

珠代が抱える仕事は、児童たちの心身の危機に直結する。それを児童相談所の個人の過剰な努力に任せるのは危険だ。必要な仕事だからこそ人員に余裕を持たせないと、いつかまたどこかで悲劇が繰り返されてしまうに違いない。

宮口母子は食事を済ませた後に帰っていった。剛秋へは折を見て謝罪をするという。

昼営業の時間が迫っていて、理恵は帰り支度を済ませる。店を出るとき、麻野は仕込みをしながら笑顔で見送りをしてくれた。

誰かを助けるためには、手を差し伸べる人も健やかであるべきだと思う。そうでなければ本来助けられるはずの声を拾い逃《のが》してしまうことになる。

珠代のような立場の人たちこそ健康であってほしい。舌に残るピーナッツの優しい甘さを思い返しながら、理恵はそう考えるのだった。

第四話

非行少年の目的地

1

土手から眺める川は幅が広く、水面が穏やかだった。河川敷は公園や運動場として整備され、ゲートボールを楽しむ老人たちや幼い子ども連れの憩いの場になっている。土曜だからか、小学生が元気に走り回る姿が目立っていた。

理恵たちは土手を歩き、上流に歩みを進めた。

高架下を通過した途端、木々や雑草が増えた。流れ着いた流木や枯れ草が河岸《かし》に溜まっている。草木を強引に分け入らないと川辺を歩くのは無理そうだ。

「夕月さんは、この先で倒れていたようです。……あれっ？」

土手から河川敷を指差した直後、省吾が口を大きく開けた。雑草がたくさん生える河川敷で、一人の少年が暴れていたのだ。

「喬太郎《きょうたろう》くん？」

知り合いらしく省吾がつぶやく。青のポロシャツにジーンズという服装で、背丈からして高校生くらいだろうか。しかしあどけない顔立ちは小学生にも見えた。喬太郎と呼ばれた少年は手に鎌《かま》のようなものを持っていた。それを乱暴に振り回し、河川敷にある植物を刈っていたのだ。

あまりの光景に三人で言葉を失っていると、喬太郎が土手の上の人影に気づいたのか顔を上げた。そして驚いた顔をして叫んだ。

「ここで何してんだよ、省吾！」

喬太郎は手にしていた鎌を勢いよく投げ捨てた。鎌は回転しながら川に落ちる。それから勢いよく階段を駆け上がってきて、息を切らせながら省吾に詰め寄る。

「おい、答えろよ」

「夕月さんが倒れた現場を見に来たんだ。喬太郎くんこそ、どうしてここにいるの」

「関係ねえだろ」

喬太郎と呼ばれた少年は吐き捨てるように言い、舌打ちして背中を向けた。そして全速力で走り去っていった。嵐のような出来事に、理恵の頭はうまく働かない。

「お知り合いですか？」

「以前何度か子ども食堂に来ていた樺島《かばしま》喬太郎くんです。大人びて見えますが、まだ中一です。あの体格だから喧嘩も強くて、問題児として有名です」

露が喬太郎の背中を見つめながら言った。

「隠しごとをしている気がする」

露は人の感情を敏感に察知するが、喬太郎の態度はわかりやすいので理恵も同感だ。粗野な振る舞いは動揺を隠すための虚勢に見えた。省吾は遠ざかる背中に目を細めた。

「実は夕月さんが事故前に取り組んでいた案件の最後が、喬太郎くんと家族の問題なんです」

喬太郎の反抗的な態度に母親が悩み、児童相談所に何度か相談に訪れていたという。そこで喬太郎の家族は経済的に困っていたこともあり、子ども食堂を紹介されることになる。そこで逢子と出会い、喬太郎の母親は頻繁に相談するようになったそうなのだ。

省吾は改めて階段の下を指差した。逢子は、下りてすぐの土の上で倒れていたという。

「散歩中に階段を下りようとして足を滑らせたと夕月さんは話していました。でも街灯がないため夜中は真っ暗になります。散歩という理由は納得できません」

階段を下って河川敷に向かう。角度が急なため、露は省吾の手を借りて慎重に下りていった。逢子が倒れていた場所には雑草が生え、汚れたビニール袋が落ちていた。

錆《さ》びた自転車などの粗大ゴミも散乱している。小さな白い花が切られ、草木の香りが辺りに漂っていた。

細い道の十五メートルほど先が川岸だ。逢子は川を怖れていて、昼間でも近づくことが難しかったという。夜中に来るのはますます考えにくい。

しかし絶対にないとも言い切れなかった。気まぐれで階段を下りてみて、階段が急なため転落したという理由はそれなりに説得力がある。本人が事故だと主張しているなら、これ以上の調査は不要にも思えた。

「理恵さん、俺がのめり込み過ぎって思ってますよね。表情に出ていますよ」

「そうかな」

図星なので反論できない。すると省吾が苦笑を浮かべた。

「自覚はしています。でもトラウマってやつが疼《うず》くんですよ」

何かを紛らわすようにストレッチをしてから、省吾は空を見上げた。

「俺の父親はろくでなしで、暴力は振るうし金も稼がないしで最悪でした。母さんは離婚をした後は必死に働きながら、家事もこなして俺を育ててくれました」

省吾が小学三年のとき、母親が何度も咳をしていることに気づく。立ちくらみで座り込み、顔色も日に日に悪くなっていった。しかし母親が仕事を休むことはなかった。

そしてある日突然、省吾の母は職場からの帰り道に倒れ、そのまま亡くなった。倒れていたのはひと気のない公園で、発見まで時間がかかったという。

頼れる親戚はなく、省吾は児童養護施設で暮らすことになった。省吾が逢子に出会ったのは施設でのことだった。

「夕月さんは当時、施設でのイベントを手伝うボランティアでした。あの人だけがやさぐれていた俺に優しく接してくれて、しっかり話を聞いてくれたんです。時には厳しく叱ってくれました。夕月さんのおかげで俺は立ち直れたんです」

露は表情を変えずに省吾の話に耳を傾けている。すでに省吾から聞いているのかもしれない。

逢子は現在退院し、自宅で療養中らしい。

省吾が再び逢子が倒れていた場所に視線を向けた。省吾は逢子が倒れていた状況から亡き母と重ね合わせ、行動せずにいられないのかもしれない。

「喬太郎くんの母親が働くカフェに行ってみましょう。正直さっきの行動は不可解すぎて気になります」

省吾が歩き出す。理恵は追いかける前に河川敷を見た。水辺の湿気が溜まり、薄ら寒い気配が漂っている気がした。突然草むらが動き、一羽のカラスが飛び立った。黒い翼を羽ばたかせ、対岸まで飛んでいった。

喬太郎の両親は亨介《きょうすけ》と明美《あけみ》と言い、明日華《あすか》という一歳半の妹がいるという。中学一年なのでヤングケアラー問題が解決した木戸真凛と同学年だが、学区が異なるため学校は別らしかった。

喬太郎は元々、活発さが目立つ普通の少年だった。しかし明日華が生まれたころに、急に粗暴な振る舞いがはじまったらしい。

特に母親に対する反抗的な態度が目に余り、教師も指導に当たったが解決しなかった。そこで母親の明美は児童相談所にも相談を持ちかけた。児童相談所は虐待の疑いのある児童だけでなく、非行行為や犯罪に手を染める児童の問題に関しても取り組んでいるのだ。だが現在まで喬太郎の態度は改善されていない。

「喬太郎は夕月さんには比較的心を開いているようです。しかし夕月さんも荒れる理由を聞き出せていないみたいです」

省吾の話を聞きながら移動し、児童相談所から近い一軒のカフェに到着する。カフェリンクという名前に覚えがある。以前、スパイスの香りが事件解決のきっかけになったカレーの美味しい店だ。

木製のドアを開けると、明るい声が出迎えてくれた。

「いらっしゃいませ。あら、省吾くんひさしぶりね」

省吾に話しかけた女性店員は喬太郎に面差しが似ていて、胸元のネームプレートに樺島と書いてあった。母親の明美のようだ。青と白のボーダーのシャツとスリムなデニムパンツにエプロンという格好で、年齢は四十歳前後に見える。

カウンター席の向こうで、大柄な男性がコップを拭いていた。明美に案内され、テーブル席に座る。メニューは紅茶やソフトドリンクなど定番の飲み物が並んでいる。夕方以降は酒も提供するらしい。

注文すると明美は手際よく準備をして運んできてくれた。明美が省吾の前にコーヒーを置いた。

「さっき喬太郎くんに会ったんですよ。最近の様子はどうですか」

明美は表情を曇らせつつ、テーブルにオレンジジュースと紅茶を置いた。

「相変わらずよ。体格も大人同然だからか、叱っても全然効果がないの。旦那も態度だけ大きいけど根が臆病だから強く出られなくてね」

理恵が紅茶に口をつけると、甘い香りとほのかな渋みが感じられた。省吾がコーヒーで口を湿らせてから、ため息をつく明美に質問を続ける。

「亨介さんも仕事を変えたばかりで忙しいのでしょう。最近は落ち着いたのですか」

「何とか辞めないでいるよ。稼ぎは少ないけど、あの年齢で中途採用なら正社員なだけマシだと思っているわ。今度こそ続けてほしいんだけどねえ」

明美が呆《あき》れるように肩を竦《すく》め、亨介の過去について愚痴を吐きはじめた。以前は酒やギャンブルにも手を出し、浮気も何度かしていたらしい。だが明日華が生まれた後に心を入れ替え、近頃は真面目に働いているそうなのだ。

店の奥から店主がトレイを持って近づいてきた。

「はい、省吾くん。これサービスだから食べて」

テーブルの上に三つの小皿が置かれる。それぞれにクッキーが載っていた。店主は大柄な男性で、ネームプレートに菊沼《きくぬま》と書かれてある。筋肉質だが目元が柔和な雰囲気で、フレームの太い黒縁眼鏡が似合っていた。汚らしさのない無精髭《ぶしょうひげ》と彫りの深い顔立ちが、山男のような雰囲気を醸し出している。年は明美と同世代のようだ。

「菊沼さん、いいんですか？」

「作りすぎたからね。気に入ったら小分け袋に入れてあげるよ」

理恵と露も菊沼に頭を下げる。

「ありがとうございます。ご馳走《ちそう》になります」

感謝を表すと、菊沼が目尻を下げた。

「お二人も以前お店に来てくれたよね」

理恵たちの顔を覚えてくれていたようだ。

「カレーをいただきました。クローブが効いていて美味しかったです」

「スパイスの種類までわかってくれるとは嬉しいな」

菊沼が相好を崩すが、スパイスについて見抜いたのは麻野なので少しだけ後ろめたい。理恵は「いただきます」と言ってからクッキーに手を伸ばす。かじるとしっとりとした食感で、独特の風味に覚えがあった。

「これは酒粕《さけかす》ですか?」

正解だったらしく菊沼が嬉しそうにうなずいた。

「生地に酒粕を練り込んで焼き上げたんだ。アルコールは飛んでいるからお子さんでも安心して食べられるよ」

露も笑顔で口を動かしている。

「美味しいです。お雛《ひなまつ》祭りを思い出します」

甘酒のような風味で、柔らかな食感は和菓子を思い出させた。優しい甘みがじんわりと舌に伝わる。露の笑顔に菊沼が口角を上げた。

「気に入ってもらえて嬉しいよ。実はそのクッキーは喬太郎くんのために作ったんだ。あの子は酒粕が大好物でね」

喬太郎とのコミュニケーションのきっかけとして作ったのだろうか。菊沼も店員である明美の家庭のために気を配っているのだ。明美が苦笑を浮かべる。

「持ち帰ったら、普段は素っ気ないのに抱え込むように食べたのよ。何年か前に明日華の安産祈願で都心にある水天宮《すいてんぐう》に行ったとき、近くにある甘酒が名物の横町に行ったの。そこで初めて甘酒を飲ませたら目を輝かせていたわ。人参や牛蒡《ごぼう》が嫌いなのに、粕汁にすれば気にせず食べてお替わりもするんだから」

酒粕が好きな中学生は趣味が渋い気もするが、米麹《こめこうじ》の複雑な味わいが魅力的なのも事実だ。すると露が顔を上げて明美を見た。

「もしよければ、うちのお店にも喬太郎さんと一緒に来てください。前にお父さんが作った粕汁も、とても美味しかったですから」

露は財布を取り出し、スープ屋しずくのショップカードを明美に渡した。

「そこには書いていませんが、平日なら早朝もお店を開いています」

明美がカードを見て、眉を上げた。

「このお店、前に子ども食堂でミートボールを作っていたシェフのところだよね。近所で評判になっていて、前から気になっていたんだ。あなたはそこのお店の子だったのね」

「よろしくお願いします」

露が丁寧にお辞儀をする。スープ屋しずくに来てもらえれば、話を聞く機会も増えるはずだ。お茶を飲み終えて辞去する。新たな情報はなかったが、喬太郎が多くの人たちに心配されていることがわかった。逢子の問題を抜きにしても、家族関係が改善されてほしいと理恵は願った。


梅雨の肌寒さに震えながら、スープ屋しずくを目指して歩く。傘を持つ手の袖口が濡れ、緩やかに体温を奪う。店先が目に入ると、いつも救われたような気持ちになる。ドアを開けた理恵の耳に心地よい声が飛び込んでくる。

「おはようございます、いらっしゃいませ」

「麻野さん、おはようございます」

麻野がカウンターの向こうでジャガ芋の皮を器用に剝《む》いている。テーブル席に顔見知りの客がいたので会釈をしつつ、理恵はカウンターの椅子に腰かけた。麻野と一番近い席は最近の理恵の定位置になりつつある。

席に着くと、麻野が悪戯《いたずら》っぽく言った。

「本日のスープはハムと玉葱ぜんぶのスープです」

「玉葱ぜんぶとは面白そうですね。お願いします」

ドアを開けたときから、店内には玉葱のコク深い香りが漂っていた。

「かしこまりました」

麻野が準備をする間に、理恵はドリンクとパンを用意する。飲み物はいつものルイボスティーで、パンは玉葱の味に合わせてシンプルなフランスパンのスライスに決めた。席に戻ると、タイミングを見計らった麻野がスープを配膳してくれる。

出てきた料理は理恵の予想と異なっていた。

玉葱ぜんぶというので、丸のままの玉葱が入っているのかと思っていた。しかし目の前にあるのは外側がオレンジ、内側が白色のスープボウルにたっぷり入った褐色のスープで、具材はスライスした炒め玉葱と、厚切りのハムだった。スープ皿から火を通した玉葱の甘い香りが漂ってくる。

「これが玉葱ぜんぶですか？」

「そうです。まずはお召し上がりください」

「わかりました。いただきます」

木の匙を手にとってスープをすくい口に運ぶ。オニオンスープならスープ屋しずくで何度か食べたことがある。たっぷりチーズの入った贅沢な味は冬の定番だ。

しかし本日のスープは違っていた。玉葱はしゃきしゃきとした歯ごたえを残し、スープはあっさりしながら奥行きが感じられる。冬のオニオンスープにあるような濃厚な旨みではなく、玉葱の軽やかな風味が楽しめた。

「夏にぴったりですね。でもこの色はいったい？」

鉄錆を思わせる茶褐色の色合いは、濃密な味を連想させる。そういった風味もあるのだが普段の炒め玉葱とは別種の味わいだ。麻野は笑顔で答える。

「そちらの色は、無農薬の玉葱の皮を煮出したものです。玉葱は外皮に栄養成分がたっぷり入っているため、捨てるのではなく出汁として利用しました」

「皮の色だったのですね」

「栄養だけでなくスープにコクも与えてくれます。カレーを作る際などに玉葱や人参など野菜の皮を煮出して加えると味に深みが出ますよ」

普段なら捨てる部位である玉葱の皮を利用して一手間加えたのだ。スープにはハムの出汁が溶け出し、なおかつ厚切りなので食感で満足感が得られる。しっかり効かせた胡椒の辛みが全体を引き締めていた。

理恵はブラックボードに目を向ける。玉葱にはケルセチン配糖体が多く含まれるが、皮には中身の三十倍以上も含有しているらしい。高い抗酸化作用から動脈硬化の予防が期待されているという。また脂肪分解酵素の活性化を促す役割があるしされているため、特定保健用食品としても利用されていた。

さらに硫化アリルという成分も含まれ、血液をさらさらにする効果が期待されるという。ただし人間以外の動物にとって硫化アリルは毒になる。そのためペットに玉葱を食べさせるのは厳禁だと注意書きが記されてあった。

そこで店内奥の戸が開き、露が顔を見せた。本日は水色のトレーナーにデニムのスカートという格好だ。露はうつむきがちで、表情が暗かった。麻野に小声で挨拶を済ませると、カウンターを回り込んで理恵の隣に座ってきた。

「理恵さん、おはようございます」

「おはよう。元気がないけど何かあった？」

麻野が露の前にオニオンスープを置く。露は元気なく「いただきます」と告げてからスープを口を入れる。味わった露はようやく表情を和らげ、理恵を見上げた。

「実は昨日、真凛ちゃんのお見舞いで病院に行ってきたんです」

「真凛ちゃん、具合がわるいの？」

麻野はセロリをザク切りして、寸胴《ずんどう》に入れていた。それからパセリをキッチンばさみで切り取って、葉の部分をボウルに盛っている。パセリの茎は捨てずに寸胴に投入する。

「琴美ちゃんから連絡があったんです。ここ最近、学校を何日も休んでいたらしくて。それでとうとう学校で倒れたらしいんです」

琴美とは真凛と同じ中学に通う小学校からの友人だ。喧嘩をしていたが、今は仲直りをしている。

真凛の祖母は高齢者用の施設に無事入居し、現在は母親と二人でアパートで暮らしていた。連絡を受けた露は真凛のお見舞いに向かった。小学生にとっては遠出だが、子ども食堂や省吾との調査で往復するうちに慣れたようだ。

露は学校帰りに一旦家に戻ってから病院に向かった。大部屋を訪れると、真凛が笑顔で迎え入れてくれた。しかし顔を見た瞬間、露は動揺で言葉を失ったという。

真凛の肌は土気色で目が落ちくぼんでいた。しかしその日は妙にぎらぎらしていた。祖母の介護に追われていたときも疲れた様子だった。そのときはまだ体力的な余裕は感じられたが、目の前の真凛は重病人のようだったそうだ。

「琴美ちゃんから教えてもらったのですが、真凛ちゃんは小学六年生のときもずっと体調がわるかったみたいです。中学に上がった後は疲れていても健康そうではあったのに、最近は昔の真凛ちゃんを思い出させるそうです」

露はお気に入りの小説の文庫を渡した。真凛は喜んでくれて、脇にあったお菓子を食べるよう勧めてくれた。

「クッキーだったんですけど、意外なことがあったんです」

手作り風のクッキーを食べた露は味に驚く。先日カフェリンクで食べた酒粕のクッキーと同じだったのだ。クッキーについて質問すると、真凛は「友達からもらった」と答えた。

「喬太郎くんと友達なのかと聞いたら、真凛ちゃんは違うって答えました。カフェリンクのことも知らない様子でした。すごく焦っていたから、それ以上は突っ込めませんでした」

酒粕のクッキーは比較的珍しいように思う。レシピによって味は変わるだろうけれど、露が同じというなら菊沼が作ったものなのだろう。

真凛と喬太郎は親しいのだろうか。中一女子なら、男子と仲良しだと知られることを恥ずかしく思う子もいるはずだ。

「帰ろうとしたら、真凛ちゃんのお母さんが来たんです」

露がスプーンを持つ手に力を込めた。志真子は見舞いに来た露に感謝を告げ、麻野のスープの話題になったという。志真子は麻野の料理を褒めたらしかった。

「おばさんは山菜や野草が好きで、たまに自分で採って作ったものを食べるらしいんです。セリの料理が得意らしいので、私も興味があると受け答えした直後、真凛ちゃんが『駄目！』って叫んだんです」

真凛はそのまま咳き込み、志真子が寄り添って背中をさすった。それから目を細めながら真凛の手を握ったという。

「……セリ？」

麻野の小さなつぶやきが聞こえた気がした。理恵が目を向けると、麻野は普段通りの表情で数種類のハーブを紐で縛ってから寸胴に入れていた。

「おばさんは辛そうな顔で真凛ちゃんの手を握ってから、元気になってほしいと力強く言いました。その瞬間私は、叫び出しそうになったんです」

「どうして？」

露が肩を震わせる。思い出しただけで怯えているのだ。

「顔も言葉も真凛ちゃんの体調不良を悲しんでいました。でも私にはおばさんが何を考えているのか全然わからなかったんです。ただひたすら、怖いと感じました」

露は他人の気持ち、特に負の感情を敏感に察知する。その露が恐怖を覚える感情とは何なのだろう。

「ごめんなさい。こんな曖昧なことを言われても困りますよね」

露が肩を落とす。

「いいんだよ。教えてくれてありがとう」

得体の知れない何かに、理恵も薄ら寒さを感じる。そこで理恵のスマホが振動した。早朝からの連絡が気になってディスプレイを確認すると、メッセージを送ってきたのは省吾だった。送られてきた文面を見て驚き、すぐに露にスマホを向ける。

「そんな」

内容を読んだ露が青ざめる。理恵も衝撃に言葉が出ない。麻野も手を止めて心配そうな視線を向けていた。喬太郎が妹の明日華に煙草《たばこ》を押しつけ、火傷を負わせたというのだ。

2

土曜の午後五時、省吾と露、理恵の三人はカフェリンクの店のドアを開けた。すると店内から大声が聞こえてきた。

一人の男性がカウンターに腰かけ、菊沼に絡んでいるようだ。しかし喧嘩ではなく単に声が大きいだけらしい。男性は痩せていて、顔が真っ赤だった。傍らにビールがあるので、夕方五時ですでに酔っ払っているみたいだ。

「亨介、いい加減にしろ。もう家で飲んできたんだろう」

酔客は喬太郎の父親の亨介のようだ。店主の菊沼が窘《たしな》めるように言うと、亨介がビールをあおった。

「飲まないとやってられないんだよ。俺は喬太郎のことがわからない。明日華にあんな酷い真似をするなんて、あいつは何を考えているんだ」

幼い娘に対する息子の凶行に困惑し、アルコールに逃げているのだろう。明美が近寄ってきて、離れた席に案内してくれた。

「ごめんね。うちの旦那、ずっとあんな調子で」

「仕方ないですよ。喬太郎くんは今どこに？」

「一時保護所にいるの。児相の職員さんや警察が事情を聞いているみたいだけど、動機については口を閉ざしているらしいわ」

明美が疲れたようにため息をつき、詳しい状況を教えてくれた。

その日、喬太郎は自宅で明日華と一緒にいた。明美が台所で家事をしている最中、突然明日華の泣き叫ぶ声が聞こえた。泣き方が尋常じゃないことに気づき、様子を見ると部屋から煙草の臭いを感じた。

一時期、亨介が吸っていたが、明日華が生まれてから止めていたはずだった。喬太郎が部屋の中で、棚の奥にしまっていたはずの煙草をつまみながら明日華を見下ろしていた。不審に思った明美が駆け寄ると、明日華の首元が赤く腫れ上がっていたという。

「喬太郎は明日華の首筋に、火の点《つ》いた煙草を押しつけたんです。慌てて患部を冷やしながら救急車を呼びました。それから喬太郎に問い質すと、俺がやったと答えたんです」

明日華は病院に搬送された。幸い火傷の範囲は狭かったが皮膚深くまで達していて、将来的に痕になる可能性もあるという診断が下った。

医師から事情を聞かれた明美は正直に全てを話した。そして虐待の疑いがあるとして警察と児童相談所に連絡が届くことになる。

理恵たちの注文を受けて明美が席を離れる。亨介は延々と菊沼に泣き言を繰り返していた。トレイを持って戻ってきた明美が首を横に振った。

「我が旦那ながら情けないでしょう。仕事が休みだからって、弱いくせに昼過ぎから飲み続けているの。菊沼くんは高校からの親友で、酒を飲む度に絡んでいるの。菊沼くんもよくあんなのと長年友情を保っていられるわ」

明美が肩を竦めながら亨介に視線を向ける。うんざりしたような口調だが、眼差しはどこか柔らかい。夫婦にしか理解できない絆が育まれているのだろう。

ふいに亨介の声が弱まったので、視線を向けると微睡《まどろ》んだ様子で首をゆっくり前後に揺らしていた。

「ああなれば、あとは寝るだけなんだ。私はもう上がる時間だから、責任を持って自宅に連れ帰るよ」

ドアベルが鳴り、ベビーカーを押した小柄な女性が入ってきた。細面の和風美人で、楚々《そそ》とした雰囲気だ。女性は親しげな様子で明美に話しかけた。

「外は思ったより涼しいですね。ストールを持ってきて正解でした」

そう言いながら、女性が薄手のストールを首から外した。首元の開いたシャツを着ていて、鎖骨のラインが滑らかだ。すると省吾が声を上げた。

「もしかして、菊沼店長の姪御《めいご》さんですか」

急に話しかけられ、女性が省吾に会釈をする。

「はい。そうですけど」

「突然すみません。たまに店に来る水野省吾と言います。噂には聞いていたのですが、本当に菊沼店長とは全然似ていませんね」

省吾が人懐こい笑顔で言うと、菊沼の姪が口元に手を当ててくすくすと笑った。

「自分でもそう思います。最近叔父《おじ》の店の手伝いをしている菊沼亜美《あみ》です。今後ともよろしくお願いします」

菊沼の姪から明美がベビーカーを渡される。幼児は寝息を立てていた。首筋に貼られたガーゼが痛々しい。明美がしゃがみこみ、明日華に微笑みかけた。

「亜美ちゃんはフリーライターで、空いた時間に明日華を預かってくれてるの。預けられる心当たりがないから、本当に感謝してもし切れないよ」

「叔父さんの店を回しているのは実質明美さんだし、明日華ちゃんは手間がかからないから全然平気ですよ。今回の件は本当に可哀想《かわいそう》でしたが……」

明美の仕事中、菊沼の姪が明日華の面倒を見ていると聞いたことがある。

菊沼店長は欧米人を思わせる彫りの深さで、熊のような体格だった。亜美は少女を思わせる小柄な女性で、お淑《しと》やかな京美人といった佇まいだ。

親戚でも似ていない人はいるけれど、二人は全く異なる印象を持っている。なぜ省吾は血縁だとわかったのだろう。

理由を聞こうと思ったが、その直後に明日華が目を覚ました。明美が明日華を抱き上げてバックヤードに消えていく。菊沼の姪もベビーカーを手に追いかけていき、理恵は質問するタイミングを逸してしまった。

喬太郎の現状はわかったが、結局動機はわからないままだ。理恵の目には亨介も明美もありふれた夫婦に見える。思春期の子どもが親に反発するのは珍しくないが、妹に危害を加えるのはさすがに度を越している。

明美はベビーカーに乗せた明日華と、酔っ払って千鳥足の亨介の両方の面倒を見ながら店を出た。

理恵たちは明美を見送った後、河川敷に移動することにした。麻野にカフェリンクに向かうと話したところ、なぜか逢子が倒れていた現場の写真を見たいと言い出したのだ。理由は教えてくれなかったが、麻野なりの目的があるのだろう。

到着した時点で日が沈んでいた。暗い階段をスマホの懐中電灯機能で照らしながら慎重に下りる。数日前喬太郎によって荒らされたが、元気に伸びる雑草のせいで痕跡があまりわからない。二台のスマホの明かりで照らしながら数枚の写真を撮影する。

写真を麻野に送ってから、理恵はスマホで野草を検索した。しばらく探してから、春の七草で知られるセリの画像を露に見せた。

「この白い花はセリだったんだね」

表示された画像を見て露がうなずく。

「真凛ちゃんのお母さんが料理に使うって言っていましたよね」

真凛がセリの話題で反応を見せたため、気になって調べたのだ。しかし春が旬の野草が今回の問題にどう関係するのか見当がつかない。用を済ませた理恵たちは、暗い夜道を注意しながら歩いて駅を目指した。

翌日の日曜朝、理恵は省吾からの電話で起こされる。理恵は布団のなかからスマホに手を伸ばした。時計は午前七時を表示している。

スープ屋しずくのためならもっと早く起きられるが、休みの日くらいもう少し眠りたい。だがこんな時刻に電話をしてくるのは急用なのだろう。

「奥谷さん、大変です。喬太郎くんが一時保護所から脱走しました！」

理恵は布団から跳ね起きた。数秒前までの眠気は一気に吹き飛んでいた。知り合いで捜索に当たると言われ、理恵は慌てて準備を整える。

すると再び省吾からメッセージが届いた。歯を磨きながらスマホを見て、新たな問題が起きたことを知る。真凜も病院から失踪したというのだ。


窓から見える空は曇っていて、エアコンが効いた店内でも湿気が高かった。喬太郎と真凜が同時に失踪したと聞き、理恵は露に連絡を取った。そして何か協力できることがあるかを話し合うため、スープ屋しずくで合流したのだ。

日曜なのでスープ屋しずくは休みだが、麻野《あずか》がスープを用意していた。朝食を摂らずに訪れていたため、理恵もご相伴に与らせてもらうことになった。

「どうぞ。夏野菜の冷製クラムチャウダーです」

透明なガラス製の深皿にさらっとした牛乳仕立てのスープがたっぷり入っている。具材として大粒の貝に加え、ミニトマトとトウモロコシが目立っていた。

「お休みの日なのに、わざわざありがとうございます」

「いえ、こちらも朝ごはんがまだでしたから。それに昨日もわざわざ河川敷まで寄っていただいてありがとうございます」

「気にしないでください。お役には立てましたか？」

「……そうですね」

麻野が暗い表情を浮かべる。気になったが、理恵はスープに顔を近づけた。すると鼻先にフレッシュなミルクの香りが感じられた。スープ屋しずくのミルクはいつも香りが鮮烈だが、熱していないためか、牧草を思わせるさわやかさがあった。

スープを口に運ぶ。金属製のスプーンは、スープの冷たさを際立たせてくれる。ミルクの甘さを感じた後、貝の濃厚なコクが口いっぱいに広がる。何度か味わったことのあるホンビノスガイの出汁の味だ。本場のクラムチャウダーに使われる二枚貝で、現在は日本でも水揚げされているという。

ミニトマトは生のままで、かじると果肉がジューシーだった。トウモロコシは粒の食感がはっきりしていて、フルーツみたいな甘みがぷちっと弾ける。具材として入っている茹《ゆ》でたホンビノスガイは食べ応えがあり、ハマグリに似た旨みを堪能できた。

「喬太郎くんが脱走した一時保護所は、僕も昔入っていました。僕のいた施設だと脱走は難しかったのですが、最近は緩い場所もあるようですね」

一時保護所とは虐待を受けたり、非行がエスカレートした児童などが一時的に暮らす場所らしい。あくまで臨時に数週間単位で生活するための施設であって、専門家によるカウンセリングや指導が行われる場所ではないという。

児童たちは大人しくしてくれない。家に帰りたいと泣きわめいたり、退屈だと暴れたりすることもあるそうだ。

「児童たちの管理目的のため、僕のいた施設では刑務所を思わせるくらい監視の目が厳しかったのを覚えています。窓や出入り口も施錠され、スケジュールも分刻みで管理されていました。正直二度と戻りたいとは思いません」

麻野が表情を歪める。麻野の過去を知りたい気持ちはあるけれど、辛くなるのであれば思い出してほしくなかった。露が麻野に質問した。

「喬太郎くんと真凛ちゃんが同時に失踪したのは偶然なのかな」

「わからないけど、あまりにもタイミングが重なっているね。露がお見舞いに行った際の話を加えると、繋がりがあると考えたほうがいいかもしれない」

喬太郎の捜索は現在、警察が進めている。しかし単なる家出児童として、警察はあまり本腰を入れていない印象を受けたと省吾は話していた。そこで省吾は喬太郎の両親や菊沼店長、児童相談所の宮口珠代らと情報を交換し合い、喬太郎の捜索に当たっているという。

真凜に関しては琴美が見舞いに訪れ、病室に姿が見えなかったことから失踪が判明した。荷物に一着だけあった外出用のワンピースが消えていたという。

すぐに母親に報告が届いたが、志真子は警察への届出を渋った。すぐに帰ってくるといい、大事《おおごと》にしたくないと話しているそうなのだ。理恵は麻野に訊ねた。

「志真子さんの行動は不自然ではありませんか？」

「そうですね。警察沙汰を避けたいと考える人が、一定数いるのはわかるのですが」

そこで露のスマホが振動した。ディスプレイに目を通した露は首を横に振った。省吾からの連絡がこまめに入っていて、親や友人など誰も行き先に心当たりがなかったようだ。

露がスマホのディスプレイを確認してからため息をついた。

「琴美ちゃんが同級生に聞いて回ってくれているのですが、どこに行ったのか誰もわからないみたいです」

手掛かりらしき情報が一つだけあった。喬太郎が駅の改札を通過する姿を同級生が目撃していたのだ。しかし上りと下りのどちらに乗ったのかは不明だった。

一時保護所を脱走した時点で喬太郎は無一文だった。しかし志真子の財布から五千円札が消えていたため、真凛が合流していれば電車移動も可能だった。

「週明けに検査結果が出て、ようやく体調不良の原因が判明するかもしれないのに、なんで病院からいなくなっちゃったんだろう」

麻野が眉を寄せた。

「検査結果が出るのは明日だったんだね」

「うん、そのはずだけど……」

麻野の険しい顔つきに露が困惑している。真凛について何かに気づいているのかもしれない。理恵たちに教えないのは確証がないからなのだろう。

電車を使っていれば、さらに行き先は絞れなくなる。露たちが現地に向かって、土地勘のない場所を闇雲に探しても力になれるとは思えない。上り電車ならスープ屋しずくに近づいたことになる。そのため理恵たちは不用意に動かず待機しているのだった。

「省吾さんから連絡が来たよ」

露がスマホを見ながら声を漏らした。そして麻野を気にし出す。どうしたのだろう。露が意を決したように口を開いた。

「省吾さんが今から、おばあちゃん――夕月逢子さんの家に行って話を聞くみたい。喬太郎くんや真凛ちゃんと親しかったから、何か知っている可能性があるって」

麻野の前だからか、露はわざわざ言い直した。すると麻野がスマホを取り出して、操作をはじめた。指が文字入力らしき動きをした後、目を閉じる。何度か深く息を吸ってから目を開けて親指を強く押し当てた。

麻野がスマホをポケットに入れた。

「水野さんに連絡をしました。僕も夕月逢子と話します」

「本当ですか？」

「喬太郎くんの河川敷での振る舞いといい、何か秘密があるかもしれません。僕が直接問い質せば、きっと隠し立てはできないでしょう」

「でも、それだと麻野さんが」

「緊急事態ですから、僕の個人的な感情より優先すべきです。少しでも可能性があるのなら試してみるべきでしょう」

省吾から返事が届く。露のスマホを通して、逢子に電話を繋いでくれるらしい。ディスプレイを見つめる麻野の顔が緊張している。

理恵は麻野の二の腕を手で触れた。服の上からだけれど、麻野の全身が強張っている気がした。麻野は目を大きく広げてから、微笑みを返してくれた。

十分ほど経ったところで、露のスマホに着信があった。発信者は省吾だった。露から手渡され、麻野が受け取る。

「もしもし」

麻野が口を開いた直後、逢子らしき女性の声がスマホから漏れ聞こえた。しばらく沈黙が続いた後、麻野が質問した。

「樺島喬太郎くんと木戸真凛さんについて、知っていることがあれば些細なことでも教えてください。河川敷で何があったのか見当はついています」

麻野は何度か言葉を詰まらせていた。再び沈黙が続いた後、逢子が受話口の向こうで何かを話しはじめた。

逢子の声が途切れてから、また麻野が口を開く。

「あなたの事故の件についても、隠し事があれば話してください。僕にでなくても構いません。そこにいる水野さんは、あなたを心から心配しているのですから」

麻野がスマホを耳から離した。露に返してから長く息を吐く。

「残念ながら、行き先に心当たりはないようでした。ただ、喬太郎くんにとって思い入れの強い場所の話は聞けました」

それは喬太郎の好物である酒粕にまつわることだった。

喬太郎は以前、家族三人で水天宮に参拝した。明美が身ごもった子どもの安産祈願のためだった。そこで亨介の提案で、近くにある甘酒横町を歩いた。喬太郎はそこで、甘酒の味を気に入ることになる。

妊婦はある程度運動したほうがいいと聞き、一家は甘酒横町を抜けた先にある公園まで歩いた。そこで喬太郎は遠くに東京スカイツリーを発見する。しかし木々やビルが邪魔して先端しか見えなかった。

喬太郎は何度も場所を変え、飛び跳ねたりしたがスカイツリーの全容はわからない。帰りの時間は迫っていた。はしゃぐ喬太郎の姿を見ながら、亨介が笑いながらある約束をした。

「『生まれてくる子も含めた四人で、いつかスカイツリーを登ろう』。喬太郎くんは父親の言葉を、哀しそうな表情で口にしたそうです」

「スカイツリーなら、前に真凜ちゃんも行きたがっていたよ」

露と一緒に遊んだ際に、真凜はスカイツリーに登りたいと話していたらしい。

麻野は省吾に東京スカイツリーに行くと連絡し、三人一緒に店から出た。省吾から念のため、応援をこちらに派遣すると連絡が届いた。

正午過ぎの空は灰色に覆われていた。通行人が数名閉じた傘を持ち歩いている。今にも雨が降り出しそうな空の下、理恵たちは地下鉄を目指した。

地下鉄から地上に出たものの、スカイツリーがどこにあるのか一瞬わからなかった。首が痛くなるくらい見上げると建物は見えるけれど、あまりに高すぎて全容がつかめない。東京に住み、東京の会社に就職して長いけれど来たことは一度もなかった。

展望台に行くためには料金を支払って行列に並ぶ必要がある。理恵が順番待ちをして、麻野と露が地上を探すことになった。

木々がふんだんに植えられた公園のような場所を抜け、タワーの真下のチケットフロアに入る。日曜なので不安だったが、係員に聞いたところ三十分もあれば展望デッキに行けるらしい。行列に並んで、チケット購入を待つことにした。

行列には様々な人種の人たちが見受けられた。露や麻野から定期的に報告が届くが、喬太郎たちは見つからない。省吾たちからも朗報はなかった。

展望台には展望デッキと展望回廊があるようだ。念のため両方行けるチケットを購入する。ただし展望デッキだけなら中高生は千五百円ほどだが、より高い展望回廊は八百円程度上乗せする必要がある。電車代や飲食費も必要だから、余計な出費はしないようにも思った。

荷物検査を経て、係員に誘導されてエレベーターに乗り込む。江戸切り子をあしらった薄暗いエレベーターが理恵を一気に展望台まで運んだ。

扉が開くと、展望台は人でごった返していた。窓から東京の景色が一望できる。あまりに高すぎて周辺のビルがミニチュアみたいに小さかった。たくさんの人たちが窓を背景に写真撮影をしている。

この中から見つけるのは骨だろう。雑踏をすり抜けながら二人を探す。顔を覚えるのが得意ではないので、何度も中学生くらいの男女を見間違えてしまう。

展望台を半周したところで理恵は立ち止まった。

近くの柱に北西と書かれてある。中学生くらいの男女が手を繋いで、窓から外を見つめていた。大人と変わらない背丈の少年と、少女の髪型に見覚えがあった。タッチパネル式のディスプレイによれば、そちらの方角の先は喬太郎たちが暮らす市があった。

「真凛ちゃん、喬太郎くん」

理恵は近づきつつ不用意に呼びかけてしまう。二人が同時に振り向き、理恵に気づいて驚愕《きょうがく》の表情を浮かべる。見つかると思っていなかったのだろう。

するとは喬太郎だけが急に人だかりをかき分けて走り出した。

この人混みであれば、帰りのエレベーターもそれなりに順番待ちになるに違いない。今すぐ走ればきっと間に合う。

追いかけようと考えたが、真凜に服を掴まれた。露から聞いていた以上に顔色がわるく、呼吸が荒かった。置いていくわけにもいかない。理恵は足を止め、麻野に電話をかけた。

「展望台で二人を見つけましたが、喬太郎くんに逃げられました。真凜ちゃんは一緒にいます。喬太郎くんは今からエレベーターで下りるはずです」

「わかりました。下で待機します」

麻野の返事を受けて通話を切る。真凜の額には汗が浮いていて、体調が限界に近いのが伝わってきた。理恵は真凜の背中に手を添えた。

「大丈夫？　話はできるかな」

問いかけると真凜は唇を真横に引き結び、理恵の服を掴む手に力を込めた。外を眺める人たちの声が耳に入る。遠くを指差して、知っているビルだと楽しそうに話していた。

真凛を連れて、近くにある喫茶店に入った。残念ながら麻野は喬太郎を発見できなかった。人混みに紛れて逃げおおせたらしい。

省吾には真凛を確保し、喬太郎を取り逃がしたと連絡を済ませた。志真子は迎えに来ると主張していたようだが、麻野は責任を持って送り届けると省吾を経由して伝えていた。

真凛が席で水を飲んでいると、徐々に呼吸は安定してきた。

「何が起きているのか教えてもらっていいかな」

露が問いかけても、真凛は黙ったままだ。真凛の前に手のつけられていないアイスココアが置いてある。麻野がコーヒーに口をつけた。

「木戸さんが食べさせられていた物が何か、もうわかっているんだよ」

真凛が顔を強張らせる。快復したかと思った顔色が一気にわるくなった。やはり真凛は何かを隠している。そこで理恵のスマホが振動した。店内を見渡すと、菊沼店長の姪である亜美が近寄ってきた。

「すみません。遅くなりました」

省吾たちが派遣してくれた応援は亜美だった。菊沼が店を空けられなかったため、代わりに名乗りを上げたという。

理恵たちが座っていたのは四人がけのソファ席だったが、露と真凛が並ぶ側は小中学生なので亜美も並んで座れるくらいの余裕があった。亜美がソファに腰かけてひと息つき、麻野に自己紹介を済ませる。地下鉄の改札から喫茶店まで走ってきたのか汗ばんでいた。

「喬太郎くんはもう遠くに逃げているでしょうから、私が来ても意味がなかったですね」

亜美が困ったように肩を竦める。店内は冷房があまり効いていない。亜美は綿素材のシャツワンピースを着ていたのだが、胸元を摘まんで、ぱたぱたと洋服のなかの空気を入れ換えはじめた。なだらかな首元にホクロがあるのが見えた。

行儀はよくないけれど暑いのだろうなと思っていると、突然麻野が身を乗り出して亜美に顔を近づけた。視線の先に亜美の首元があった。

「麻野さん？」

突然の麻野らしからぬ振る舞いに理恵は声が裏返る。露も茫然としていて、亜美は逃げるようにして胸元を押さえた。麻野は周囲の反応に気づき、気まずそうに身体を引いた。

「突然申し訳ありません。ねえ、露。この前僕に、理由はわからないけど、水野さんが菊沼さんの叔父と姪の関係を見抜いた話をしてくれたよね」

「う、うん」

露が戸惑いながら答える。省吾が初対面のはずの亜美が菊沼の姪だと当てた件だろう。理恵も疑問に思ったが、露も不思議に感じて父親に話していたのだ。それから麻野が亜美に真面目な眼差しを向けた。

「水野さんは菊沼亜美さんがストールを取った後に気づいたと聞きました。理由に心当たりはありますか」

亜美が胸元を押さえながら答える。

「それでしたら首元のホクロだと思います。遺伝なのかうちの家系は全員、首元の似たような場所にホクロができるんです」

「つまりカフェリンクの店主である菊沼さんにもあるわけですね」

麻野の突然の奇行は、ホクロに注目していたかららしい。

「ありますけど、それが何か……」

すると麻野が額に手を当て、苦しそうな顔で目を閉じて唇を歪めた。そしてその姿勢のまま口を開いた。

「僕は今から水野さんたちの元に行きます。露と菊沼さんは、真凜ちゃんの面倒を見ていてください。申し訳ありませんが、理恵さんはついてきてもらえますか」

「構いませんが……」

理恵が応えると、露が不満げに身を乗り出した。

「どうして私は行っちゃ駄目なの？」

「真凜ちゃんのそばにいてあげてほしい。解決したら、事情を説明するから」

麻野の強い眼差しに、露が続く言葉を飲み込んだ。亜美も困惑しながら受け容れてくれた。店を出ようと腰を浮かせると、真凜の小さな声が聞こえた。

「あの」

真凜は目に涙を浮かべ、懇願するように言った。

「喬太郎のこと、どうかよろしくお願いします」

何か理由があって事情は話せないのだろう。それでも無事を願うくらい、喬太郎を強く想っていることが伝わってきた。

麻野は地下鉄のホームで電話をかけた。相手は児童相談所の宮口珠代で、真凜の居場所を告げていた。志真子の迎えを断っていたのに、なぜ珠代に連絡を入れたのだろう。疑問に思っていると電車が滑り込んできた。

揺れる車内で麻野と並んで吊革《つりかわ》に摑まる。そこで麻野が小声で言った。

「説明せずに申し訳ありません。露や菊沼さんの前では話しにくかったので」

「何だったのでしょうか」

地下鉄の窓の先は真っ暗で、理恵と麻野の顔が映り込んでいた。

「実は喬太郎くんの妹である明日華ちゃんの火傷についても、露から話を聞いていました。その際に露は、具体的な場所も教えてくれました」

麻野が自分の首元を指差した。そこは明日華がガーゼを貼っていた場所だった。

理恵は既視感を覚える。人差し指の先が示すのは、先ほど亜美の首元にあったホクロと同じ場所だったのだ。理恵の胸に嫌な予感が芽生えた。

「菊沼亜美さんは、菊沼店長を含めた一族が同じ場所にホクロができると話していました。だからこそ水野さんは、全く似ていないのに亜美さんが姪御さんだと気づいた。もしもこの事実を知っていた上で、明日華ちゃんの首元の同じ場所にホクロが出てきたら、喬太郎くんはどう考えるでしょうか」

電車が大きく揺れた。今までなかったホクロが突然できることは大人でも起こり得る。理恵は吊革を握る手に力を入れた。

「でも、単なる偶然という可能性もあります」

麻野の推理は明日華の血縁上の父親が異なることを示唆している。

「もちろんそうです。でも喬太郎くんはそう信じた。事前に信じるに足る何かを見ていたのかもしれません」

「だから喬太郎くんは証拠を隠滅したということですか」

喬太郎は母親の浮気現場を見ていたのかもしれない。瓜二つなら判断がつくだろうが、幼児は顔の造作が安定しない。ＤＮＡ鑑定でもしないと証明できないはずだ。

しかしそこに、菊沼家にだけできるホクロが浮かび上がった。焦った喬太郎は煙草を使って、皮膚に火傷を負わせることでホクロを消したのだ。

明日華の父親が菊沼であれば、喬太郎が母親に対して特に辛く当たっていたことも納得できる。露は当然だが、菊沼の姪である亜美にも不用意に話せない。

「これから喬太郎くんは、どういう行動を取ると思いますか」

「わかりません。それに真凜ちゃんの問題にも決着をつけなくてはいけません。それと実は先ほど、水野さんから僕にだけ連絡が来たのです。黙っていて申し訳ありません」

「どういう内容でしょう」

「夕月逢子はあの階段で誰かから突き落とされたそうです。しかし相手は暗くてわからなかったと証言しています。あの場所にいた理由は推測できています。誰の仕業かは数人まで動機から絞れますが、確定はできていません」

　それから麻野は、真凛の身に起きたことに関する推理を聞かせてくれた。理恵は我が耳を疑う。これからターミナル駅で乗り換え、ＪＲで目的地まで向かうことになる。それまでの時間がもどかしく、一駅の間隔をひどく長く感じた。


　駅前でタクシーに乗り込み、カフェリンクに到着する。時刻は夕方四時過ぎだ。ドアを開けるとテーブル席にたくさんのドリンクや料理の食べ終えた食器が置かれていた。

「理恵さん、麻野さん」

　省吾が出迎えてくれる。店内では菊沼や明美が洗い物をしていて、亭介や志貞子の顔も見える。ベビーカーが置いてあり、明日華が寝息を立てていた。

　昼から団体予約が入っていたらしく、菊沼が何とか一人で店を回し、ようやく客が帰ったところだという。

「真凛ちゃんが見つかったと聞いて、手掛かりもないので一旦集合することにしたんです。それで真凛ちゃんはどこに？」

「そうよ、あの子は一緒じゃないの？」

志真子が不満顔で麻野に詰め寄る。麻野は志真子に、責任を持って真凛を連れ帰ると約束していた。だからこそ志真子の迎えを断ったのだ。なぜ母親が来るのを麻野が拒否していたのか不思議に思っていた。しかし車内での説明を聞いた現在は、納得できる対応だとわかっていた。

麻野が志真子に鋭い視線を向ける。

「志真子さんに真凛さんを引き渡すわけにはいきません。真凛さんは現在、児童相談所の宮口さんに保護をお願いしています」

「どういうことよ」

志真子の声に怒りが籠もるけれど、麻野が静かな圧を込めて言葉を返した。

「真凛ちゃんにドクゼリを食べさせましたね。しかも一度ではなく、少量を継続的に。明日の検査結果では原因不明と診断されるかもしれません。しかし毒物を前提として検査をすればきっと医師は見抜くはずです」

「どうして私が、そんなことを」

志真子が半笑いを浮かべて後退《あとずさ》る。店内の人たちは突然のやり取りに困惑している。そこで突然ドアが開き、真っ先に亨介が叫んだ。

「喬太郎！」

思い詰めたような表情の喬太郎が店内に入ってくる。駆け寄ろうとした亨介が足を止める。喬太郎の手に果物ナイフが握られていたのだ。百円ショップで簡単に買えるような安価な品に見える。

喬太郎が駆け出した。次の瞬間、麻野は明美に走り寄った。浮気で家族を裏切り、父親の違う子を産んだかもしれない明美を狙うと麻野は考えたのだ。

理恵はとっさに菊沼に視線を向けたけれど、刃物への恐怖で足が動かない。理恵は喬太郎の憎しみが母親の浮気相手に向けられると思ったのだ。

しかし刃が向かった先はどちらでもなかった。テーブルを乗り越えた喬太郎が跳びかかったのは志真子だった。麻野は急な方向転換ができずにたたらを踏む。

志真子が悲鳴を上げて身をよじらせる。そのおかげで最初の攻撃は空を切ったが、喬太郎はさらに続けようとする。腰を抜かしたのか志真子が尻もちをつく。麻野が駆け出すが間に合わない。喬太郎がナイフを持つ手を振り上げる。

そこで何者かが店内に飛び込んできた。夕月逢子が迷いなく、喬太郎に突進していく。

逢子が喬太郎に背後から勢いよく抱きつき、刃物を持った手を摑む。喬太郎がバランスを崩し、近くの椅子を巻き込んで逢子もろとも転倒した。

「母さん！」

麻野が叫ぶ。喬太郎と逢子が床に倒れ込み、紙ナプキンが散乱する。麻野が駆け寄り、転がるナイフを蹴り飛ばした。それから逢子と喬太郎を交互に見較べた。

「……よかった。怪我はない」

麻野が息を吐くと、明美が走り寄ってきて喬太郎を抱き起こした。喬太郎はどこかを打ったのか顔を歪めているが、刃物による傷は見当たらない。

逢子もすぐに上体を起こし、焦った様子で周囲を見渡した。

「喬太郎くんと志真子さんは無事？」

逢子の問いかけに、麻野がうなずいた。

「二人とも無事だよ。ありがとう。おかげでみんな無傷で済んだ」

麻野が逢子の前で膝をつく。逢子が止めなければ、喬太郎は志真子に刃を突き立てていたはずだ。

「でも危うく自分が怪我を負うところだったんだ。どうか、無茶はしないで」

「ごめん。本当に、ごめんなさい」

逢子が目を伏せ、麻野への謝罪を繰り返す。喬太郎は涙をこぼしながら座り込み、明美が息子を抱きしめている。志真子は腰を抜かしたまま茫然としていて、菊沼は何かを察したのか険しい表情を浮かべていた。

「なあ、何が起きてるんだ。全然わけがわかんねえよ」

亨介は困惑した顔で理恵に訊ねてきた。

「多分すぐに麻野さんが説明してくれます」

推理が当たっていれば、亨介にとって辛い事実になるだろう。

大きな音と緊迫した空気に驚いたのか、目を覚ました明日華が泣き叫びはじめた。声はみるみる大きくなり、亨介が慌てて駆け寄った。

「騒いでごめんな。びっくりしたよなあ」

亨介が慈しむような手つきで抱きしめ、ゆっくりと身体を揺らす。すると明日華は徐々に泣き止んでいった。無邪気に喜ぶ声が聞こえ、場の空気がようやく緩んだ気がした。

3

長かった梅雨が終わり、澄み渡る青空が広がっていた。七月も後半に入り、陽射しの勢いは夏本番だ。午前七時ですでに三十度に近く、地下鉄出口から歩き出してすぐ暑さを実感する。

喬太郎と真凛にまつわる騒動から三週間ほど経過していた。

冬場は暗い路地も、日が延びると早朝からでも明るい。店先のライトは点いているけれど、普段でも目立たないのに今はさらに見づらかった。

店の前に立つと、窓の奥は明かりが灯っていた。今日もスープ屋しずくは、早朝から営業をしてくれている。ドアを開けると、優しいブイヨンの香りが感じられる。

「おはようございます、いらっしゃいませ」

店内に一歩踏み出した理恵を、店主の麻野の優しい声が出迎えてくれた。

「おはようございます、理恵さん」

露がカウンターに座っていた。理恵を待っていたのかまだ食事をはじめていない。

「おはようございます」

挨拶を返してから露の隣に腰かける。普段ならそこで麻野が本日のメニューの解説をしてくれるが、その前にドアが開いた。ドアベルの音と一緒に入ってきたのは、喬太郎と亨介の親子だった。

「おはようございます、いらっしゃいませ」

二人はそれぞれ大きなバッグを抱えていた。喬太郎が理恵や露に気づき会釈をする。それから亨介が歩み寄ってきて深くお辞儀をした。

「おはようございます。先日は大変お世話になりました」

「いえ、本日はご来店いただき誠にありがとうございます」

「前から来たかったのですが遅れてしまいました。本日はよろしくお願いします」

「少々お待ちください」

麻野が理恵に断りを入れてからカウンターから回り込んで、喬太郎親子をテーブル席に案内した。喬太郎は物珍しそうに店内を見渡し、重そうな荷物をテーブルの脇に置いて椅子に座った。

麻野は朝のメニューが一種類であることと、パンとドリンクがセルフサービスでお替わり自由という店のシステムを説明する。理恵と露はその間にパンとドリンクを用意した。

「本日の日替わりメニューは、スモークチキンと酒粕のクリームスープです」

「酒粕ですか」

喬太郎がくすぐったそうにしている。喬太郎と真凜が東京スカイツリーで見つかったのは、逢子に話した甘酒横町での約束がヒントになったとすでに知っているのだ。

今日、喬太郎親子が来ることは事前に知らされていた。だからこそ喬太郎の好きな素材を使ったのだろう。

親子がうなずき、パンとドリンクを取りに行く。カウンターに戻ってきた麻野に対し、理恵は「私も酒粕のスープ、楽しみです」と伝える。麻野は笑顔でうなずき、厨房に向かっていった。

喬太郎たちはテーブルで料理を待っている。

麻野の推理は概《おおむ》ね正解で、喬太郎は母親の浮気を以前から疑っていた。そして実際に明美と菊沼は不倫をしていたのだ。

喬太郎は母親のスマホのメッセージを偶然読んだことで、母親の不義を疑っていた。菊沼が明日華の父親が自分かどうか疑うといった文面だったらしい。そのため喬太郎は母親に対して乱暴な振る舞いをするようになった。

喬太郎は不倫が明るみに出ることで、家庭が壊れることを何より怖《おそ》れた。精神的に追い詰められた喬太郎は、信頼する逢子に打ち明けようかと悩むことになる。

喬太郎はある日、子ども食堂の帰りに逢子に相談しようと考えた。閉店後に追いかけるが、決心がつかずに尾行する形になってしまう。すると逢子はなぜか自宅に戻らず、川に向かった。不思議に思いつつ喬太郎は追いかける。

そこで喬太郎は、誰かが逢子を階段から突き落とす場面を目撃する。

喬太郎は河川敷を見下ろしたが、その時点で逢子は立ち上がろうとしていたらしい。無事と判断して犯人を追いかけた。逢子はその直後に意識を失ったのだろう。

そして追いつくと、逢子を突き飛ばしたのが真凜だと知ることになる。その時点で喬太郎と真凜は子ども食堂で互いの顔を見知っていた。

そこで喬太郎は真凜から、動機を聞かされることになる。

「お待たせしました。本日のスープです」

麻野に声をかけられ、理恵は現実に引き戻される。

滑らかな白色の丸いスープボウルに、白色の牛乳仕立てのスープが盛られていた。具材には人参や玉葱の他に、夏が旬のパプリカやズッキーニも贅沢に入っていた。

そして目立つのが大きくぶつ切りにされたスモークチキンだ。白色の身の表面が茶色く色づいていて、スモークの香りが感じられた。さらに匂いではミルクの甘さに加え、米麹も存在感を発揮していた。

「いただきます」

陶器製のスプーンを手に取ってスープを口に運んだ理恵は、初めての味わいに戸惑う。ミルクと燻製《くんせい》、そして酒粕という個性の強い味が同時に押し寄せてくる。それぞれがしっかり主張しているのに散漫な印象を受けず、素材のかけ算に成功していた。

特に味わい深いのが酒粕の味だ。完全に和の食材なのに、チキンブイヨンやミルクといった洋風の味つけに違和感なく溶け込んでいる。スープは舌触りがきめ細かく、まろやかでありながら喉をすっと落ちていく。家庭でホワイトシチューを作るときにも真似したいと思わせる組み合わせだった。

「あんまりがっつくなよ」

振り向くと喬太郎が酒粕のスープを勢いよく口に運んでいて、亨介が微笑みながら注意していた。食べ盛りの中学生男子なのだ。好物ならなおさら食が進むだろう。手が止まったのを見計らって麻野が声をかけた。

「お替わりはいかがですか。清々しい食べっぷりなのでサービスしますよ」

麻野に言われて、喬太郎が亨介をちらりと見た。すると亨介が苦笑いを浮かべた。

「大盛りでお願いします。でも甘やかすと鍋全部平らげますよ」

麻野が喬太郎の皿を持っていき、なみなみとスープを注いで戻ってきた。目の前に置かれた喬太郎は待ちきれないといった様子で食事を再開した。

嬉しそうに食べ進める姿を見ながら、喬太郎が選んだ様々な決断について考える。大人からすれば間違いも多いけれど、きっと喬太郎なりに必死だったのだろう。

真凛は小学生時代、ずっと体調不良に悩まされていた。しかし中学進学を機に体調が改善した。

逢子は志真子や真凛と付き合いを深めるうちに、その経緯に不自然さを覚えた。そして志真子が野草を採取して料理に使い、さらに一時期河川敷に頻繁に通っていたことを知る。そこで水辺への恐怖を押し殺し、河川敷を調べることにした。

河川敷にはセリに似た植物が大量に生えていた。しかしそれはセリではなく、よく似たドクゼリという植物だった。

ドクゼリはトリカブトやドクウツギと並んで、日本の三大有毒植物に数えられている。北海道から九州の沼地や川岸などの水辺で生育し、見た目は食用であるセリに酷似しているため食中毒が何件も報告されている。

麻野が指摘した通り、志真子は娘の真凛にドクゼリを食べさせていた。一時期川辺に出没したのはドクゼリの採取のためだった。

病院の検査の結果、真凛の体内からドクゼリの成分であるシクトキシンが検出された。志真子は警察の取り調べを受け、娘の食事にドクゼリを少量混ぜていたことを告白した。

志真子は在宅起訴をされながら周囲の勧めでカウンセリングを受けた。その結果、代理ミュンヒハウゼン症候群と診断された。

ミュンヒハウゼン症候群は周囲の関心を引くために病気を装ったり、自らの身体を傷つけたりする精神疾患の一種だ。そして代理ミュンヒハウゼン症候群は自分ではなく、子どもや配偶者などに危害を加え、看病をすることで同情を引こうとする症状を指す。

シングルマザーとして家事と仕事に追い込まれていた志真子は、周囲から心配され、褒められるため真凛に毒を飲ませていた。そのため真凛は小学六年生のころ、ずっと体調不良だったのだ。

歪んだ考えは加速し、志真子は介護が必要になった母親を引き取ることに決めた。

しかし以前から険悪だった母親との相性は最悪で、傍若無人な性格に飲み込まれてしまう。その結果、真凛に対する虐待行為は収まることになる。しかし母親が施設に引き取られたことで、再び真凛に毒を盛るようになってしまったのだ。

祖母の介護をしなくて済むと知らされたとき、真凛はその場にへたり込んだ。あれは解放感だったのではなく、志真子による虐待が再開することへの恐怖が原因でもあったのかもしれない。

真凛は志真子が自分に毒物を食べさせていることを理解していた。そのため逢子が真相を知れば、事実が明るみに出ると考えた。虐待で捕まれば志真子と離ればなれになると恐れを抱き、事実を隠蔽《いんぺい》するためとっさに逢子を突き落とした。

真凛は自分に毒を盛る母親でも、一緒にいたいと願ったのだ。

逢子を突き落とした後、真凛は喬太郎に全てを打ち明けた。事情を知った喬太郎は、真凛が自分と同じ、大人の事情で追い詰められた子どもだと理解した。そして真凛を庇《かば》うことを決意した。

喬太郎と真凛はこっそり会って交流を深めた。しかし真凛の介護問題が解決した後、徐々に体調を崩していくのを目の当たりにする。

そんななか真凛が入院し、同時期に喬太郎は明日華の首筋にできたホクロを発見する。そして衝動的に火傷を負わせたことで一時保護所に入ることになる。

入所した施設は電話を使うことができた。喬太郎は入院する真凜に電話をかけた。すると真凜は泣きそうになりながら「検査結果が出たら毒のことが知られちゃう」と訴えた。喬太郎は一時保護所を抜け出して病院に駆けつけた。そして真凜を連れて病院を脱走したのだった。

二人に行くあてなどなかった。内心では逃げ切れないと悟っていたのだと思う。だから真凜と喬太郎は、以前から行きたいと願っていたスカイツリーに向かった。

喬太郎は家族四人でスカイツリーを登るのを楽しみにしていた。しかし家族が壊れれば叶うことはなくなる。喬太郎は消えかけていた夢の場所を目指し、真凜はそれに賛同した。

行列に並んでなけなしの金をはたいて展望台に登り、手を繋いで景色を眺めた。飽きることなく、どこまでも広がる世界を見下ろし続けたのだ。

スープを半分飲み終えた理恵はブラックボードに目を向けた。

酒粕の栄養価について詳しく解説されてあった。酒粕は精神状態を安定させるとされるビタミンB_1や、細胞の成長や再生を助けるというビタミンB_2に加え、神経炎を和らげるとされるビタミンB_6を含むらしい。

加えてタンパク質も豊富で、様々な栄養を一度に摂取できるという。また酒粕のプロテアーゼ分解物が、解毒効果があるとされるグルタチオンに匹敵する作用があるという研究結果も報告されているらしい。

スカイツリーで発見された後、喬太郎は真凛を置いて逃げ出した。それは体調を崩していた真凛をそれ以上連れ回さないという配慮もあったようだ。また、喬太郎が立ち去る際に、真凛は理恵の洋服を摑んだ。苦しんでいるせいかと思っていたが、喬太郎を追わせないようにする目的もあったらしい。

その後、喬太郎は感情の行き場を探した。大人たちによって理不尽な目に遭ったという気持ちが膨らんだ喬太郎は捌《は》け口を暴力に求めた。

刃物を購入した喬太郎は当初、菊沼を標的に定めていたという。母親と密通し、家庭を壊す原因を作った男に対して憎しみを募らせたのだ。

しかしカフェリンクを訪れた喬太郎は狙いを志真子に変えた。真凛を苦しませ続けた相手を目の当たりにした瞬間、身体が勝手に動いていたらしい。自分のためでなく他人のためという大義があれば、人は一線を容易《たやす》く越えるのだろう。

怪我人がいなかったこともあり、その場にいた人たちの相談の結果、喬太郎は不問に付されることになった。そして菊沼と明美は浮気を亨介に白状した。

実際に明日華が菊沼の子なのか確証はなかった。ＤＮＡ鑑定でもしなければ現状では判別が不可能だ。そして事実を知った亨介は鑑定しないことに決めた。

亨介は大盛りのスープを頬張る息子に優しげな視線を向けている。亨介と喬太郎はこれから夏休みの旅行に出かけるという。早朝に近くにあるターミナル駅から新幹線が出発するため、スープ屋しずくの朝営業に訪れることができたのだ。

明美は現在、明日華と一緒に実家に身を寄せているという。亨介との話し合いの結果、二人は離婚せずに夫婦としての関係を継続することに決めた。

亨介は自分と血の繋がっていない可能性のある明日華を娘として育てるらしい。『俺は浮気されても仕方ない駄目人間だった』と理由を語っていたという。夫婦が決めたことであれば、第三者がとやかく言うことではない。

菊沼はカフェリンクの営業を続けているが、明美は仕事を辞めた。今後、菊沼は亨介の一家と一生関わらないと話しているそうだ。

喬太郎が大盛りのスープを平らげ、満足そうに息を吐いてから目を細めた。

「美味しかった。いつか真凜にも食べさせてあげたいな」

真凜は現在、児童養護施設で暮らしている。それは母親から引き離す目的もあるが、逢子を突き落としたことが明るみになったためでもある。そのため早朝のスープ屋しずくに来ることは難しい状況だった。

志真子は娘への虐待容疑で逮捕された。しかし本人が反省していることもあって、在宅起訴されることになった。現在は珠代の勧めもあってカウンセリングに通っている。

真凜は母親から離れることを拒否したが、現実問題として志真子には治療が必須なのだと思う。いつか更正したと認められれば、母娘が一緒になることも可能らしい。二人が健やかに暮らせる日が来ることを理恵は心から願った。

新幹線の発車時刻が迫っているらしく、亨介たちは仲睦まじく並んで店を出て行った。

ドアベルが鳴り、客が入ってくる。

「おはようございます、いらっしゃいませ」

麻野がいつもの挨拶を告げる。来店したのは省吾だった。入店したものの背後を気にしている。そして省吾に促され、夕月逢子が店に入ってきた。

理恵は驚いて麻野に顔を向ける。麻野は表情を変えずにマッシュルームの汚れを取っていた。事前に来店を聞かされていたのだと思われた。

逢子は不安そうに店内を見渡している。すると露が席を立って逢子に近づいた。

「おばあちゃん、こっちに座って」

露が逢子と省吾をテーブル席に案内する。すると麻野が席に近づき、店のシステムを説明しはじめた。

料理の説明を終えた麻野が、黙り込んだままその場に立ち尽くす。店内に沈黙が流れる。逢子は表情を硬くさせ、露は不安げに二人を見較べている。

麻野がテーブルに指先を触れさせた。

「突き落とされたことを、頑なに黙っていた理由を教えてもらえるかな」

麻野の問いかけに、逢子はあごを引いた。それから俯いたまま答える。

「誰かは判別できなかったけど、落下しながら暗闇のなかで相手が子どもということだけわかった。その誰かにとって、人に危害を加えようとしてまで守ろうとする何かがあるのだと思うと、私には何も言えなくなったの」

普通なら警察に通報して解決に導くことが最善だと判断するはずだ。しかし逢子にはできなかった。それは麻野との関わりに対する負い目が原因なのだと、理恵には想像することしかできない。

「教えてくれてありがとう」

麻野はそれだけ答えてから席を離れ、厨房でスープを用意して戻ってきた。逢子の前にスープ皿を提供してすぐ、麻野はカウンターの向こうの定位置に戻った。スープから湯気が立ち上る。逢子はスプーンを手にして、スープを口に運んだ。

一口食べてすぐ、逢子の手が止まる。全身を震わせながら、逢子が手で目元を押さえた。

「とっても、美味しい」

逢子が涙声で言った。セロリを刻んでいた麻野の手が止まる。麻野は目を閉じて、そのまま動かない。大きく息を吸い込んでから口を開いた。

「ありがとう」

そう応えてから、いつもと変わらない丁寧なリズムで包丁を動かしはじめる。今はまだ母子の距離は遠いままだ。しかし間違いなく一歩は踏み出せた。今はこれで、充分だと思えた。

店内にはブイヨンの香りが満ち、冷房が心地良く効いている。滋養に満ちた味を堪能しながら、理恵は麻野の幸せを心から願う。窓の外には燦々《さんさん》と朝の光が降り注いでいた。

本書は書き下ろしです。
この物語はフィクションです。作中に同一の名称があった場合でも、
実在する人物・団体等とは一切関係ありません。

《参考文献》
『ルポ　児童相談所』大久保　真紀著　朝日新書　二〇一八年
『ヤングケアラー　介護を担う子ども・若者の現実』澁谷　智子著　中公新書　二〇一八年
『ルポ　児童相談所　一時保護所から考える子ども支援』慎　泰俊著　ちくま新書　二〇一七年
『私は虐待していない　検証　揺さぶられっ子症候群』柳原　三佳著　講談社　二〇一九年
『現場報告〝子ども食堂〟これまで、これから』与野　輝・茅野　志穂著　いのちのことば社　カイロスブックス　二〇一九年

宝島社
文庫

スープ屋しずくの謎解き朝ごはん
子ども食堂と家族のおみそ汁

（すーぷやしずくのなぞときあさごはん　こどもしょくどうとかぞくのおみそしる）

2019年12月19日　第1刷発行
2024年12月18日　第4刷発行

著　者　友井 羊
発行人　関川 誠
発行所　株式会社 宝島社
〒102-8388　東京都千代田区一番町25番地
電話：営業 03(3234)4621／編集 03(3239)0599
https://tkj.jp
印刷・製本　中央精版印刷株式会社

ISBN 978-4-299-00059-0